O LIVRO MALDITO

2ª reimpressão

DAVID HERICK & VAN R. SOUZA

O LIVRO MALDITO

CREEPYPASTAS MACABRAS E CONTOS DE TERROR

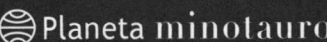

Copyright © David Herick, 2019
Copyright © Van R. Souza, 2019
Copyright © Editora Planeta do Brasil, 2019
Todos os direitos reservados.

Preparação: Thiago Fraga
Revisão: Erika Nakahata e Project Nine Editorial
Diagramação: Project Nine Editorial
Capa: André Stefanini
Ilustrações de capa e miolo: Fernando Ventura

Dados Internacionais de Catalogação na Publicação (CIP)
Angélica Ilacqua CRB-8/7057

Herick, David
  O livro maldito: creepypastas macabras e contos de terror / David Herick, Van R. Souza. -- São Paulo: Planeta, 2019.
  208 p.

ISBN: 978-85-422-1665-3

1. Ficção brasileira 2. Contos de terror I. Título II. Souza, Van R.

19-1005   CDD B869.3

Índices para catálogo sistemático:
1. Ficção brasileira

 Ao escolher este livro, você está apoiando o manejo responsável das florestas do mundo

2022
Todos os direitos desta edição reservados à
EDITORA PLANETA DO BRASIL LTDA.
Rua Bela Cintra 986, 4º andar – Consolação
São Paulo – SP CEP 01415-002.
www.planetadelivros.com.br
faleconosco@editoraplaneta.com.br

Se você está lendo este livro, provavelmente é porque se interessa por assuntos obscuros, sobrenaturais ou até aqueles que detonam nossa mente com os famosos *plot twist*s, não é mesmo?

Não sou um indivíduo, mas uma entidade. Gosto de dialogar com as pessoas, ou melhor, com a mente delas. Neste momento, peço licença para entrar em seu inconsciente e envolver você em uma das experiências de leitura mais peculiares da sua vida.

Se voltar à frase anterior, você perceberá que usei a palavra "inconsciente". Antes de iniciar esta leitura, é bom você saber que "inconsciente" é algo bem diferente de "subconsciente".

O subconsciente está um nível abaixo dos pensamentos, onde guardamos números de telefone, CPF, RG, senhas e outras memórias do dia a dia. No inconsciente ficam traumas, medos e tudo que nosso cérebro achou melhor não lembrarmos. É nesse ponto que quero chegar, mas de um jeito diferente... Fazendo com que essas histórias que entrarão para seu inconsciente possam ser lembradas mais tarde, enquanto você dorme, passa por uma rua escura ou olha para algo em cima do armário pensando que é apenas coisa da sua imaginação.

Nossa massa cinzenta é bem fértil, mas o universo é muito grande para colocarmos a culpa exclusivamente no que a mente cria.

NOTA

Quem acompanha o canal David Herick no YouTube e viu a capa deste livro pode ter se perguntado: "Quem é Van R. Souza?". Pois bem, esse cara, lá nos primórdios do meu canal no YouTube, me mandou um e-mail simples pedindo que eu lesse suas histórias em um site. Aceitei e me surpreendi pelo fato de nossos estilos serem bem parecidos. Ele me contou que começou a escrever aqueles contos por influência de meu canal, o que me fez sentir muito honrado. Desde então, estabelecemos uma parceria. Convidei esse jovem rapaz para, juntos, escrevermos este livro para vocês. Obrigado, Van, por essa parceria incrível e por me ajudar a tornar realidade este sonho!

Aproveito para agradecer, acima de tudo, ao público do canal David Herick e também aos leitores que chegaram até aqui sem conhecê-lo, mas que certamente vão nos procurar no YouTube.

Neste livro estão reunidas mais de setenta histórias inéditas de ficção – das mais leves às mais pesadas. Todas elas tiveram sua veiculação proibida em meu canal de vídeos na internet. Por mais realistas que possam parecer, todas as histórias são ficcionais e qualquer semelhança com a realidade é mera coincidência.

CONHEÇA AS REGRAS ANTES DE LER ESTE LIVRO

Trabalho como revisor de texto, o que significa que estou sempre ocupado lendo. Recentemente recebi um livro intitulado *O livro maldito*. Confesso que ri do nome, mas hoje tenho consciência de que a graça era infundada. Ao ler este volume, talvez você não passe pelo mesmo que passei. Ainda assim, como seu amigo, resolvi listar as orientações a seguir para ajudá-lo. Para mim não há mais saída, porém você ainda pode ter uma chance. (Tentei deixar este conteúdo o mais sucinto possível para que os editores não notassem esse acréscimo meu. Se tudo der certo, você tem em mãos um verdadeiro guia de leitura.)

- É muito provável que você tenha pagado por este livro. Ou talvez o tenha ganhado de presente. Seja como for, sugiro que o leia diariamente. Se algum dia você não puder ler, pegue-o e peça-lhe desculpas. Tenho certeza de que será perdoado.

- Nunca leia mais de um capítulo por dia. Sei que você deve gostar de dormir à noite e com certeza não quer que isso mude. Entretanto, se por acaso não me escutar, talvez comece a ver vultos. Digo mais: não os provoque, não os ignore e não finja que não os está vendo.

- Fale bem deste livro a todos com quem conversar. Elogie-o ao máximo e não se preocupe: se alguém pedi-lo emprestado, empreste. Assim você se livrará do livro e da maldição, então divulgá-lo é sua melhor escolha daqui para a frente.

- No décimo dia de leitura, as vozes começarão a atormentá-lo. Não se preocupe, apenas não faça o que lhe pedem, até porque você não é um assassino.

- Mantenha este livro sempre por perto. É perigoso perdê-lo de vista, e ele sabe disso. Então, cuidado, pois às vezes você não o encontrará no mesmo lugar onde o deixou. Por isso, preste muita atenção, você precisa continuar lendo este livro.

- Imagino que a vontade de se livrar do livro seja enorme, mas fique atento: ele sempre saberá quando você sentir essa vontade. Portanto, prepare-se, o mundo dos mortos fará parte de suas noites. Não saia da cama até o amanhecer e procure dormir antes da meia-noite. Se você sumir, a culpa será toda sua!

- Nunca leia quando estiver sozinho, esteja sempre acompanhado, pois em todos os cantos da casa você estará sendo observado. Eles querem conhecer você. Não permita.

- Talvez você passe muito tempo lendo este livro, mas garanto que pelo menos a leitura será passageira. Não fique com medo, leia! Suas noites não serão tão longas se você mantiver a leitura em dia. E tome cuidado sempre; não pule capítulos, leia na ordem. Seus entes queridos serão gratos a você, acredite.

Escrevi tudo isso com o intuito de ajudar você. Afinal, fiz escolhas muito ruins quando estava lendo os contos. Então, recomendo que cumpra todas as regras.

Antes de enviar o livro à editora, recebi uma ligação de um dos autores. Rindo, ele perguntou se eu ainda estava vivo. Estou, mas não sei se isso é exatamente bom...

MENINA QUE ADORO

Talvez não seja uma obsessão, mas, quem sabe, um "troço diferente". Algumas pessoas vão entender do que estou falando. Sei que não estou sozinho nessa. Pelo menos espero e rezo que não.

Conheci uma garota há um mês e, desde então, ela conseguiu ferrar minha mente. Não porque me apaixonei por ela, nada disso, é algo fora do comum – ao menos comigo nunca havia acontecido.

Trato-a hoje como "amiga", mas sei muito bem que não é isso. E olha que conheço gente para caramba. Quer um exemplo? De uns dias para cá, notei que seus cabelos castanhos de ondas curtas tinham um jeito diferente de se movimentar. A leve brisa que passava perto de seu rosto era o suficiente para criar aquele maravilhoso e suave movimento. Você deve estar pensando *Não, você só está gostando dela...* É difícil dizer isso, mas vamos lá.

A gente não ficou. Não que me falte vontade, pois ela é uma mulher bem atraente. Mas pense comigo... Eu já não teria feito isso? Ou pelo menos tentado? Creio que, pelo meu histórico de nunca "perder tempo" e ser perfeccionista, não seria muito normal.

Sinto falta dela quando está no trabalho ou no cursinho, mesmo que às vezes ela converse comigo quase o tempo todo.

Talvez eu seja só muito fã da amizade dela...

Talvez tenha me apegado demais em tão pouco tempo...

Talvez ela esteja manipulando minha mente para ferrá-la de propósito, uma experiência que alguns amigos meus dizem ter vivido.

Ela costuma sair com caras aleatórios e, depois, reclama que eles nunca mais falam com ela. Então eu a conforto e digo que está tudo bem.

Hoje ela saiu com outro cara, foi tomar um café com ele.

Não sei o que fizeram, e pouco me importa isso. Só sei que fico muito feliz quando ouço os gritos dele e de todos os outros, vindos do meu porão.

MÉTODOS ABORTIVOS

Eu e minha esposa nunca fomos um casal feliz. As tentativas fracassadas, dia após dia, de um aguentar o outro só nos traziam desgosto, mas infelizmente nos casamos e, para mim, isso é para a vida toda.

Hoje cheguei do trabalho e Flávia estava na cozinha terminando o jantar. Eu, como sempre, morto de fome, dei uma bronca logo de cara:

— Você não faz nada o dia todo! Só fica nessa porra de casa e, quando chego, nem a comida está pronta!

Hoje ela nem me responde mais e faz tudo em silêncio.

Consigo compreender o fato de a fase do namoro ter passado, e o casamento por vezes se tornar difícil com o tempo, mas posso garantir que o meu é o pior!

Lembro-me do dia em que ela veio toda feliz contar que estava grávida. Como eu ia engolir essa notícia? Dei um dinheiro para o médico dela manter-se em silêncio e, disfarçadamente, colocava abortivos pesados todos os dias em suas bebidas.

Tudo bem que funcionou. Eu não queria filhos e ela sabia disso, mas Flávia chorava por dias pela perda, e eu sorria internamente. Isso faz de mim uma pessoa má? Claro que não. Todos têm problemas e o meu era ter um filho, o que fiz foi acabar com esse problema.

Mas eu sou a falta de sorte em pessoa! Meses depois, ela me aparece feliz com outra suposta gravidez. O que eu fiz? É claro que comprei mais abortivos no mercado negro. Só que dessa vez algo deu errado. A criança estava se desenvolvendo bem e a barriga de Flávia não parava de crescer. O médico me alertou para interromper os medicamentos, caso contrário poderia matá-la.

Sete meses depois, complicações na gestação levaram Flávia e o bebê a uma morte sofrida na sala de parto.

Não é preciso ser muito inteligente para imaginar que me senti culpado, não é mesmo? Tão culpado que até hoje não tenho paz. Todos os dias seu espírito me acompanha, fica pertinho, do meu lado – com duas crianças com rostos totalmente deformados que me chamam de papai noite após noite –, chorando e dizendo que vou para o inferno pelo que fiz.

Na verdade, isso ainda não acabou, e temo que nunca terá um fim. Quando penso que vai parar, elas me assombram novamente.

Faz dez anos que morri e esse é o meu inferno.

SORRISO

O sorriso é nosso principal cartão de visitas – pelo menos é isso que ouvimos por aí. Tão importante quanto ele, entretanto, é o seu significado.

Lamento informar a vocês, mas já devem, lá no fundo, saber disto: nem todo sorriso tem o mesmo significado, e alguns podem ser bem estranhos apesar de parecerem iguais. Ver alguém sorrir desperta instintivamente a vontade de fazer o mesmo, dependendo da situação, é claro.

Sorrisos sarcásticos, como o de alguns psicopatas, são uma prova de que nem todo sorriso é bom. Mas estamos aqui para falar de algo além do que vemos no mundo real.

Há relatos de quem afirma ter visões ou garante ter presenciado alguém sorrindo e as encarando. Porém, não é nada que poderíamos dizer que uma pessoa normal faria. É algo totalmente diferente.

Cuidado! Alguns dizem ser simples miragem o que contarei aqui. Outros creem fielmente se tratar de um tipo de sinal. Pode lhe acontecer qualquer dia desses, então você deve se preparar.

Suponhamos que esteja voltando para casa à noite, cansado do trabalho ou da escola, ou viajando acordado na madrugada e, quando olha para aquela noite aparentemente normal, percebe estar sendo observado. Não por alguém que está ali, presente, nem por alguém que sequer conheça, mas sim por uma figura tenebrosa; para ser mais específico, um homem que sorri.

O sorriso daquele homem não será como o dos outros, ainda que pareça ser. O sentimento que ele provoca com seus dentes causa enorme desconforto na alma. A energia em volta de você muda, a sensação térmica também. Alguns dizem que essa é a representação da morte vindo buscá-lo. Mas a morte em si, como uma imagem, não existe. A invenção de uma figura com capa preta e foice na mão é só uma metáfora. Entretanto, nosso cérebro pode interpretar sinais de quando estamos próximos de morrer, de maneiras diferentes.

Ver um homem o encarando e sorrindo pode ser uma delas.

É difícil explicar como é esse sorriso, mas você sentirá quando realmente estiver diante dele.

A ÚLTIMA VÍTIMA

A cabana ficava no meio de uma floresta, de modo que ninguém poderia me ajudar naquele momento. Eu tinha levado uma pancada na cabeça e, quando acordei, tudo estava girando, sangue escorria do meu ferimento.

Ao caminhar, percebi vários rastros de sangue. Entendi que ele havia arrastado os corpos que ali estavam. Por conta da forte dor de cabeça, eu quase não conseguia andar direito. O medo de encontrá-lo novamente percorria meu corpo. Comecei a suar frio.

Ouvi passos lá fora e tentei me mover o mais depressa possível. Se ele me encontrasse, eu não poderia imaginar as coisas horríveis que faria comigo. Consegui me esconder debaixo da cama, e ali fiquei por alguns minutos. Pude ver seu rosto quando ele finalmente entrou no quarto. Estava todo sujo de sangue, segurava um machado e provavelmente me procurava.

O cara vasculhou vários lugares. Seria questão de tempo para ele olhar debaixo da cama. Minha visão estava um pouco melhor, mas a dor de cabeça era insuportável. Eu precisava fazer alguma coisa, e rápido. Olhei onde seus pés estavam e me posicionei com cautela bem perto deles. Quando o homem olhou debaixo da cama, pressionei com toda a força meus dedões em seus olhos. Ele caiu para trás gritando de dor. Precisei ser rápido. Saí de debaixo da cama e tentei me aproximar com cuidado. O machado balançava para lá e para cá. Com a outra mão, ele estava pressionando os olhos ensanguentados.

Joguei um sapato em seu ombro e ele se assustou. Corri e tirei o machado de suas mãos. Segurei-o firme e, com toda minha força, lancei-o contra sua cabeça. O homem caiu duro no chão. Finalmente eu respirava aliviado. Matar os outros havia sido fácil, mas esse cara me deu muito trabalho.

VOCÊ AINDA PODE DESISTIR DESTE LIVRO

VOCÊ AINDA PODE DESISTIR DESTE LIVRO

VOCÊ AINDA PODE DESISTIR DEST

VOCÊ AINDA PODE DESISTIR

VOCÊ AINDA PODE DESIS

VOCÊ AINDA PODE

VOCÊ AINDA

VOCÊ

BEM PRÓXIMO DE MIM

Sinto aquele calafrio na espinha que me faz desejar chegar logo em casa. O uivo ecoa pela floresta, sei que ele está próximo. Meu pai tinha me dito para não ir muito longe à noite, pois era lua cheia e a criatura costumava aparecer nessa época.

Se eu pudesse, ficaria em casa, mas infelizmente nesta noite eu precisava procurar minha mãe. Ela havia desaparecido e sua ausência me trazia muita dor. Resolvi ficar perto das árvores maiores, para não ser notada facilmente. A criatura estava próxima.

Caminhei durante um tempo. No entanto, não avistei minha mãe em momento nenhum. Fazia várias noites que ela não aparecia. Com esse animal solto por aí, já comecei a pensar no pior. Ela havia sumido em uma lua como essa. A última coisa que me disse foi que ficar naquele lugar não seria seguro para ninguém. Mas sinto que correr para a floresta poderia ser ainda mais perigoso.

Meu pai não tinha coragem de sair à noite. Às vezes, quando eu voltava, nem o encontrava em casa, mas ele sempre aparecia depois. Dizia estar procurando pela minha mãe, assim como eu.

Não havia o que temer. Era só eu me manter longe da criatura. O problema é que ela parecia cada vez mais próxima. Eu estava quase chegando em casa e fiquei com medo de acabar atraindo-a até lá.

Já conseguia avistar a casa. Apertei o passo para chegar mais depressa. Logo que me aproximei da porta, vi que estava totalmente aberta. Corri para dentro e procurei meu pai. Olhei a cozinha, porém ele não estava lá. Quando cheguei ao seu quarto, o avistei, o abracei com força. Enquanto ele implorava, o devorei bem devagar.

DAR PARA RECEBER

Minha festa de aniversário está sendo preparada há uma semana. Amanhã faço cinco anos. Na época em que fiquei sabendo da festa, minha mãe disse que seria muito grande. A família toda foi convidada, vieram parentes de vários lugares. Dias antes escolhi meu vestido, é vermelho, como a maior parte das minhas roupas. Sempre gostei dessa cor, minha mãe também.

Sempre fomos pobres, mas meus pais nunca perderam as esperanças de que um dia nossa família iria prosperar. Sou filha única, meu pai disse que no ano que vem ele e minha mãe tentarão ter mais um filho.

O lugar da festa seria no quintal de casa. O problema é que a única iluminação ficaria por conta das velas, pois não tínhamos como usar energia elétrica.

Vi o bolo da minha festa. Era enorme e parecia delicioso. Minha mãe disse que o preparou pensando em nosso futuro. Ela sempre diz que o presente é apenas um sonho do qual irá acordar um dia. Mas nunca entendi direito o que ela queria dizer.

Hoje acordei bem cedo, tomei banho e depois coloquei o vestido vermelho escolhido. Minha mãe diz que uso essa cor desde bem novinha. Meus parentes estão muito animados. Meu tio preferido me viu colocando o dedo no bolo e ficou uma fera. Acho que foi por isso que o tiraram de casa. Essa tinha sido a primeira vez que alguém se zangou comigo.

Quando a festa começou, vi que todos haviam se vestido de preto. Segurando uma faca, minha mãe me chamou para ficar na frente do bolo. Ao me aproximar dele, vi que nele estava escrito: "Seu sacrifício não será em vão".

ELE ACEITA

A maioria das mulheres sonha com este dia, o dia em que todos os rostos se voltarão para ela. Ao caminhar, percebo que todos, sem exceção, estão me olhando. As pétalas de rosas no caminho dão um vermelho lindo, que se destaca principalmente por causa da predominância do branco na decoração do local.

Os olhares ao meu redor expressam grande surpresa, e exaltam ainda mais minha beleza neste exato momento. Ao meu lado está alguém que não se importou em me acompanhar até o altar. Segura meu braço com mãos firmes. Vejo em seu rosto o desejo de não me abandonar, mesmo sabendo que a finalidade é exatamente essa.

As luzes vibram conforme vou caminhando, os flashes me acompanham a cada passo dado. Não sinto vontade de parar. Não existe arrependimento. A música parece aumentar mais e mais e o tom muda à medida que me aproximo do meu destino.

O noivo está mais à frente, vejo-o com a expressão serena que combina com todo o resto. Ele escolheu a música e a decoração, tudo partiu dele, e suas escolhas me agradaram. Ao vê-lo de perto sinto um arrepio que me deixa alucinada.

Finalmente me colocam no carro, mas sei que não irei para uma lua de mel, pois, quando terminei de esparramar no chão o sangue daquele que me traiu, percebi que daqui para a frente meu casamento só poderia existir em minha imaginação.

MAUS-TRATOS

Ele finalmente nasceu, e a alegria de me tornar mãe superou o fato de o pai do meu filho ter nos abandonado. Minha mãe nos odiava, tanto a mim quanto ao meu filho, mas não podíamos sair de casa, pois eu tinha apenas dezesseis anos.

Os dois anos seguintes ao parto foram de grande sofrimento para mim. Minha mãe não me ajudava em nada. Sei que foi errado continuar com o homem que prometeu estar sempre ao meu lado mesmo depois de ter me traído várias vezes, mas nunca precisei tanto de minha mãe como nessa época.

Moro em uma casa grande, e aos poucos fui colocando minha vida em ordem. Arrumei um bom emprego e passei a depender menos de minha mãe – ela só me ajudava quando eu lhe implorava aos prantos.

Conheci um cara muito legal no trabalho. Ele é inteligente e sempre me faz rir. Saímos algumas vezes e depois começamos a namorar. Marcos não era muito fã de crianças, porém eu gostava tanto dele que resolvi insistir em nossa relação. Procurava deixar meu filho com minha mãe para podermos sair. Estava desconfiada de que ela o estivesse machucando. E depois que Marcos se mudou para minha casa tudo piorou.

Meu filho aparecia com alguns hematomas e minha mãe negava que lhe fazia mal. Ela estava com raiva de mim por causa de Marcos. Ele veio morar com a gente e isso a deixou furiosa. Mesmo explicando que logo nos mudaríamos, ainda assim ela não queria nos aceitar.

Encontrei uma ótima casa para alugar, no entanto acabei não precisando. Minha mãe faleceu. Eu nunca a odiei de verdade. Perdê-la me fez enxergar isso. Nunca chorei tanto em toda a minha vida. Marcos me consolou e prometeu cuidar de mim e de meu filho.

Hematomas por todo o corpo foi o que encontrei em meu filho. Marcos vinha passando muito tempo com ele. Acabei entendendo o porquê dos hematomas. Ele negou tudo. Não voltei a tocar no assunto, mas instalei uma câmera no quarto do bebê. Após alguns dias, percebi que ele estava com o braço quebrado. Chorei e gritei com Marcos. Peguei a câmera e mostrei-lhe o que eu tinha em mãos. Então, ele se surpreendeu. Dei play no vídeo e vi Marcos brincando com meu filho. Logo em seguida, ele o deitou no berço e saiu. Arremessei a câmera para longe, pois no canto da parede vi minha mãe sorrindo para mim.

METADE DE TUDO... OU NADA!

Acordar bem cedo, umas seis horas da manhã, me preparar para sair às sete horas, passar no parque antes das sete e meia, deixar uma esmola para um sem-teto, chegar ao trabalho antes das oito horas, sair depois do meio-dia, almoçar, voltar para o trabalho à uma e meia da tarde. Após ir embora, passar no banco e sacar metade dos lucros do mês, ir para casa. Essa tem sido minha rotina todo dia primeiro do mês há cinco anos.

Minha esposa e meus filhos me abandonaram faz alguns anos. Não foi por falta de nada, nem de amor. Acredito que o medo supera qualquer outro sentimento do ser humano. Às três da manhã sempre procuro estar dormindo. Às vezes me levanto para tomar água ou ir ao banheiro, e é nesse momento que coisas estranhas acontecem. Vejo vultos no escuro – são sempre garotinhas, parecem tristes e furiosas. Nunca faço estardalhaço ou tento correr. Já me acostumei, mas sustos eu sempre levo.

Minha vida financeira tem melhorado. Fui promovido duas vezes nos últimos quatro anos. Meu salário é muito mais do que posso gastar, levando-se em conta a vida que levo. Moro sozinho e não preciso de tanta comida, então sempre sobra bastante no fim do mês. A metade do que ganho fica comigo em meu quarto, todo o tempo à vista em cima da cômoda. No início de cada mês levo tudo para um mendigo no parque.

Há noites em que não consigo dormir. Ouço choros de garotas no meu quarto, é irritante e assustador. Tomo bastante café no trabalho para suprir a falta que fazem as boas-noites de sono.

Às vezes me pergunto se sou mesmo feliz. Hoje consigo fazer qualquer coisa, mas acho que ter tudo na mão sem precisar lutar fez minha vida ficar um tanto sem graça. Agora me sinto mal. Esse é um contrato sem volta, pois o mendigo da praça vai continuar sacrificando garotinhas todo mês. Se não o fizer, minha alma será levada mais cedo para o inferno.

ELA ME AMA ATÉ DEMAIS

Finalmente consegui me casar. O namoro durou apenas seis meses, mas, como ela havia aceitado meu pedido, resolvi providenciar logo nosso casamento.

Eu a conheci no enterro de minha mãe. Ela me ajudou a superar a grande dor que senti, pois minha mãe e eu éramos muito próximos.

Nossa lua de mel foi em um hotel cinco estrelas, ela teve tudo o que merecia, e nunca a vi tão feliz. Nós não dormimos juntos. Ela quis assim, disse que quando fosse a hora me avisaria. Foi estranho, mas no outro dia, quando acordei, a encontrei deitada no chão do quarto. Acordei-a e perguntei o que havia acontecido. Ela simplesmente me disse que preferia o chão frio à cama.

Fomos embora do hotel. Eu queria que minha esposa se sentisse bem ao meu lado. Talvez em casa ela ficasse mais à vontade. Dia após dia, encontrava-a no chão frio de manhã. A desculpa era a mesma, dizia que assim se sentia mais à vontade.

Eu não sabia mais o que fazer. Conversei com minha mulher várias vezes sobre o assunto, ela não parecia mentir. Ontem à noite ela se deitou ao meu lado na cama como sempre fazia. Implorei para ela ficar comigo até de manhã para tentar se acostumar, ela prometeu tentar. Abracei-a e a enchi de beijos, nos envolvemos debaixo dos lençóis, ela relutou bastante, mas dei tanto carinho que acabou cedendo.

Foi diferente de tudo o que já fiz na vida, e a vi apreciar cada segundo. Terminamos com nossos corpos entrelaçados. Ela me amava, eu estava feliz.

Abro meus olhos. É de manhã. Ela está ao meu lado. Não foi para o chão. Abracei minha mulher com força e em seu ouvido lhe agradeci por permanecer ao meu lado. Ela olhou para mim. Sorrindo, respondeu: "Mamãe agora sabe que você não é mais meu garotinho!".

MINHA MELHOR AMIGA

Na infância não fui muito popular na escola. Sempre tirei ótimas notas, mas isso geralmente não faz você ser notada. Sempre acabava agindo da maneira certa, mesmo que para mim desse tudo errado. Então na escola eu era vista como careta.

Quando completei onze anos, apaixonei-me por um garoto muito interessante. Ele não tinha uma fama muito boa na escola, mas eu não ligava. Passava o recreio todo olhando para ele. Nunca pude me declarar, até porque eu seria rejeitada, e provavelmente humilhada também.

Com dezesseis anos, por fim, fiz uma amiga. Bom, pelo menos uma que vale a pena chamar de amiga. Todas as outras que eu havia tido eram tão impopulares quanto eu, e isso nunca me trouxe nada de bom. Por conta da amizade de Gisele, conheci várias pessoas. Acabei mudando bastante minha atitude e me tornei o que muitos hoje chamam de garota rebelde.

Nunca havia contado a ninguém sobre meu amor por Alex. Mas um dia Gisele me pegou olhando fixamente para ele. E, depois de me deixar vermelha cantando a musiquinha dos dois apaixonados embaixo da árvore, ela prometeu guardar segredo. Eu sabia que podia confiar nela, e ela também confiava em mim, pois já tinha me contado vários segredos.

Éramos inseparáveis. Eu roubava dinheiro da minha mãe e saíamos juntas para beber e fumar, e, claro, comprar roupas. Mas quase no fim do ano Gisele começou a namorar. Não passávamos mais tanto tempo juntas.

Meus dias aos poucos tornaram-se melancólicos, não parava de pensar em Gisele e no que seria da gente por causa desse namoro. Ela era quase uma rainha na escola, tinha beleza para dar e vender, e muitas garotas a invejavam. Ela me ensinou como me arrumar, como agir perto de garotos e tudo o que eu sei sobre ser realmente alguém.

Por ficar perto dela, ganhei mais atenção e cheguei ao estágio com que todas as garotas como a gente sonham: o estágio da inveja. Gisele era a que as outras mais invejavam, isso era claro, mas consegui um pouco disso também. Muitas me imitavam e queriam ser como eu. Juntas mandávamos em todas as demais.

Certa vez, Gisele me convidou para ir ao shopping com ela e seu namorado. Foi desconfortável estar ali sobrando entre os dois. Não seria uma experiência que eu iria querer repetir. Então, quando fomos embora, foi um alívio para mim.

Dois dias depois, atendi meu celular e a mãe de Gisele estava completamente desorientada. Gritava e chorava. Chegou a me implorar para dizer para onde sua filha havia fugido. Respondi que não estava sabendo de nada.

Já se passaram vinte anos, e Gisele nunca mais apareceu. Todos a deram como morta, mas sua família sempre teve esperança de um dia encontrá-la. Muitos ainda se lembram dela, e eu sinto demais a sua falta. Consegui conquistar o coração de Alex e nos casamos. Temos duas filhas e vivemos superbem, mas ainda hoje não me sai da cabeça aquela sensação de desconforto ao ver Gisele e ele se beijando naquele dia no shopping. O que mais me alivia quando penso nisso é lembrar o quanto Gisele implorou por sua vida antes que eu a matasse.

FAMÍLIA EM PRIMEIRO LUGAR

Ser pobre nunca foi um problema. A vida toda trabalhei duro para sustentar minha família. Mas depois de perder minha mulher e meus três filhos a vida passou a ser mais complicada. Sinto-me solitário. Às vezes acho que não tenho mais razão para viver. Tento sempre seguir em frente sem olhar para trás, e todos que perdi fazem muita falta para mim.

Minha mulher nunca sentiu vergonha de mim e me apoiava em tudo. A vida era difícil, mas juntos formávamos uma grande dupla. Nunca deixamos faltar nada em casa. Não era tudo do bom e do melhor, mas era o necessário, e isso bastava para viver.

Meus filhos eram sonhadores – ainda eram pequenos, entretanto queriam fazer coisas muito grandes. Eu iria dar tudo de mim para ajudá-los a alcançar seus sonhos. E perder a todos foi realmente uma das sensações mais horríveis que eu poderia sentir.

Não tenho emprego fixo, vivo de bicos e de papéis que junto na rua. Minha casa é alugada, mas por ter apenas dois cômodos e estar caindo aos pedaços meu aluguel não é tão caro. Estou morando sozinho há um mês e tem sido uma luta todos os dias. Quase não aparece trabalho, e juntar papéis está sendo minha principal fonte de renda.

Na rua, as pessoas me olham como se eu fosse inferior, e talvez tenham razão. Hoje o que vale é ter dinheiro no bolso, afinal é isso que move o mundo, aparentemente. Sinto que todos sequer me veem como um ser humano. Quando estou andando com meu carrinho para juntar outro tipo de material reciclável, tento passar por lugares pouco movimentados e procuro horários em que sei que não haverá muita gente na rua.

Às vezes penso no amor, e percebo que ele existe de várias formas. Posso até dizer que eu não sabia que era possível se amar como eu me amo. Tanto é que ainda estou aqui. Não desisti uma vez sequer, estou sofrendo muito, mas não desisti. A vida é interessante: às vezes nos deixa para baixo, às vezes nos levanta, você nunca sabe o que vai acontecer. Mas andar olhando para a frente é essencial para sobreviver, até porque todos que se foram não voltarão. Tem apenas que caminhar, é você que um dia irá até eles.

Hoje resolvi sair bem tarde, não queria os olhos reprovadores me acompanhando. Então esperei escurecer e fui à luta. Não é um trabalho fácil, é nojento, e às vezes perco a vontade de fazê-lo. Fui a vários lugares, consegui encher o carrinho, me sentia realizado, pois este mês o aluguel seria pago sem atraso.

Estava andando com todo o cuidado por uma avenida perigosa. O tráfego era intenso e é sempre bom ter muita cautela nessas horas. Havia um homem de terno. Ele carregava uma maleta preta. Tentou atravessar a avenida sem olhar para os dois lados, provavelmente estava com pressa. O acidente foi feio, um carro o acertou em cheio, e até pensei que ele estivesse morto.

Larguei meu carrinho e corri para ajudá-lo. O tráfego não parou, e o carro que o havia acertado simplesmente fugiu. Todas aquelas luzes de faróis piscando, e ninguém se atrevia a parar. Minha casa estava perto, então o coloquei no carrinho e o levei para lá.

Ao chegar à minha casa, coloquei-o na cama e limpei suas feridas. Olhei sua carteira e vi que estava cheia de cartões de crédito, sem contar as várias notas de cem que coloquei em meu bolso. Ele era rico, eu estava salvo, havia dinheiro para pagar as contas por um ano, talvez até mais. Ele não iria poder voltar para casa. Todos deveriam pensar que ele morreu, e eu sabia que seu corpo nunca seria encontrado. Quando terminei de comer meu último filho, eu jurei que de fome eu não morreria... Jamais!

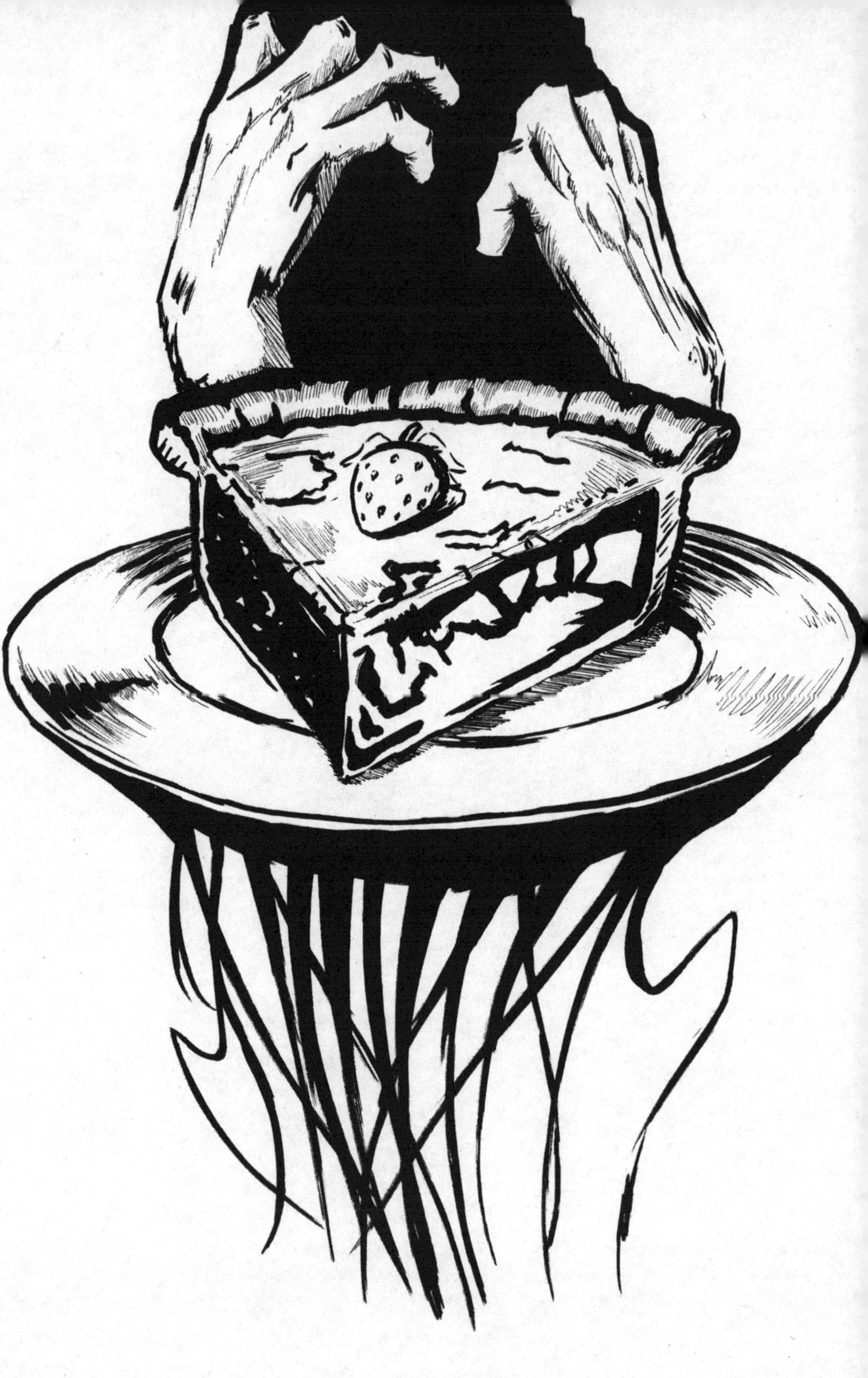

DOCE EMPATIA

Eu sabia que ganharia uma torta. Nunca gostei de bolo, e mamãe sabia. Esse seria o melhor aniversário, eu completaria dez anos e comeria minha tortinha. Não seria possível fazer uma festa, pois eu ainda não tinha coleguinhas para convidar. Então ficamos só com a torta mesmo.

Mamãe e eu tínhamos acabado de comprar minha tortinha. Era de tamanho médio e toda enfeitada de rosa. O sabor era morango. Mamãe não a embrulhou, pois já havia uma proteção de plástico em cima dela. Peguei a torta e logo depois seguimos para o carro.

Não sei o nome da minha cidade, eu sempre esqueço, mas ela é muito grande. Eu estava contente de termos um carro. Apesar de querer levar a torta eu mesma, sabia que carregá-la a pé até em casa iria me deixar com os braços doloridos.

Quando estávamos quase chegando ao carro, um homem barbudo e com poucos dentes entrou na nossa frente e se ajoelhou. Eu dei risada. Pensei que fosse o Papai Noel, mas mamãe gritou com ele.

O barbudo queria minha torta. Ele dizia estar com muita fome. Fiquei com pena, então a entreguei, mas mamãe ficou furiosa e tomou a torta dele. Disse que chamaria a polícia. Em seguida, colocou-me no carro. Vi que o barbudo não ficou muito contente. Disse coisas feias para mamãe. E uma delas foi:

— Sua vadia, você vai ver só. Ela vai te devorar aos poucos, e você vai perder aquilo que mais ama na vida!

Não entendi o que ele quis dizer, e mamãe não quis me explicar.

No outro dia, em casa, mamãe gritou de manhã. Corri até a porta da sala e vi que ela estava com uma torta na mão, mas não era a minha, afinal eu havia comido metade. Aproximei-me e pude ver um papel colado nela, e nele se lia: "Um de nós será a sobremesa do outro!".

Mamãe jogou a torta fora, nunca a vi tão assustada. Ela não quis falar disso tudo comigo. No outro dia foi a mesma coisa, e no seguinte também. Mas, neste, ela gritou antes de sair do quarto:

— Não é possível, eu não amo dinheiro, droga. Velho filho da p...!

Ela falou coisas feias, mas como sou pequena não devo copiá-la.

Abri a porta da sala e chamei mamãe, e ela, com muita raiva, deu um chute na torta e fez picadinho do bilhete. A polícia veio até nossa casa. Não entendi direito o porquê, mas acho que foi por causa das tortas.

Conforme os dias passavam, mamãe ficava mais triste. "Não podemos nos mudar", ela sempre dizia. "Ele não vai vencer." Alguns dias ela chorava muito, dizia que seu dinheiro estava sumindo, e que ela não o amava. Não entendia do que ela estava falando. Fiquei com medo de a mamãe estar ficando louca.

Passados três meses, mamãe faleceu. Os policiais não me explicaram direito o que aconteceu. No meu entendimento, ela havia escorregado da escada e ficado pendurada em uma corda pelo pescoço. Nem sei quem colocou aquela corda ali.

Eu iria ficar sozinha em casa, e nunca mais veria mamãe. Ela não mais poderia cuidar de mim. Então corri para o meu quarto, abri a tampa do piso e peguei meus duzentos reais. Com o dinheiro iria comprar meu almoço, pois já comprei sobremesas demais.

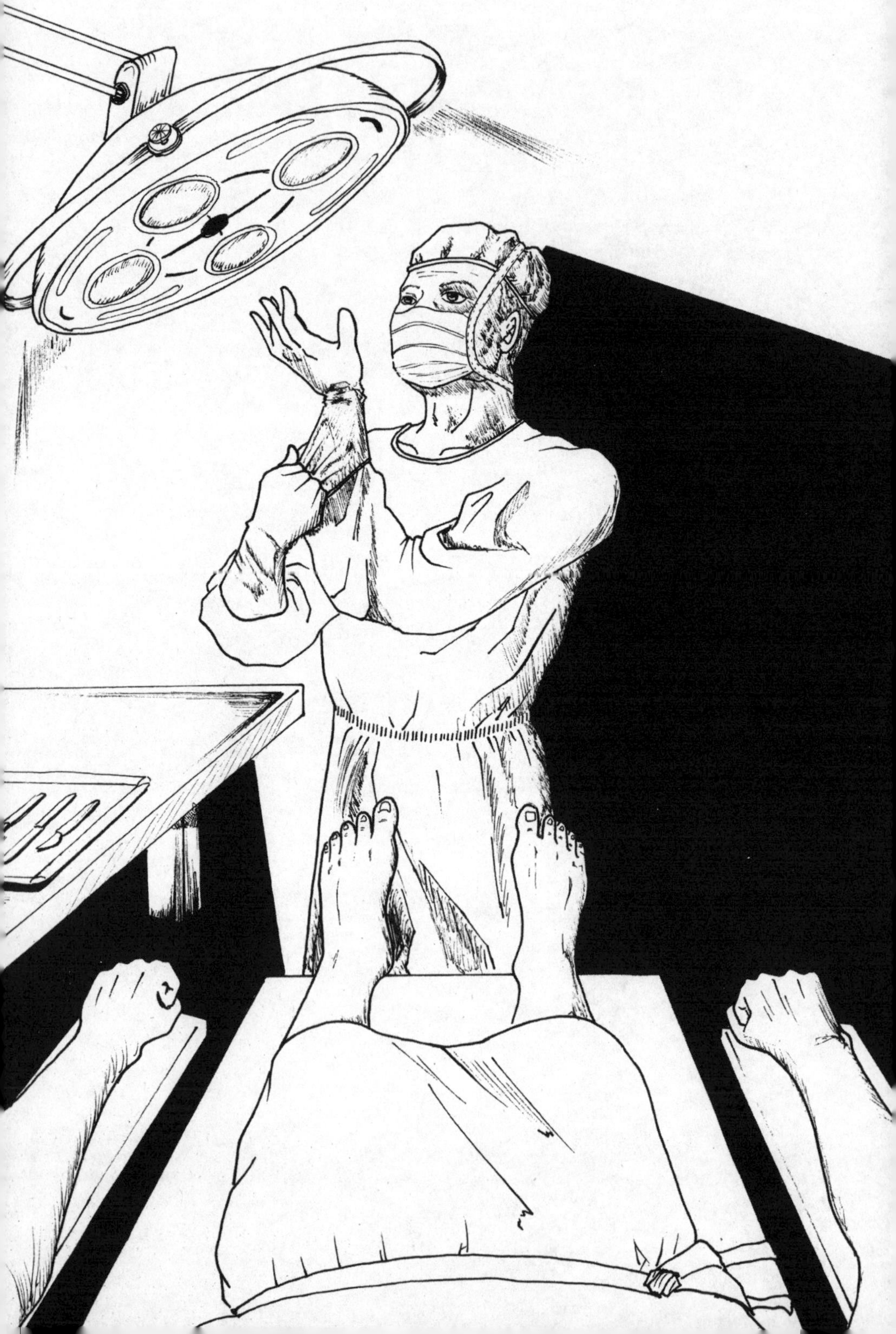

MEDO

— A operação é bem simples... — Era o que ele sempre repetia, mas meu medo de algo dar errado era grande demais para aceitar ser operado. Meu problema não me levaria à morte. Era possível conviver com ele. A parte ruim é que às vezes fortes dores me atacavam, impossibilitando que eu pegasse no sono.

Meu médico é um cara bem-humorado. Tem uma filha doente e mesmo assim não perde o senso de humor. Costuma dizer que ela é uma guerreira por ter passado por várias cirurgias e, em nenhum momento, ter ficado com medo. Ela tem problemas em alguns órgãos, mas não deixa de sorrir. Entendo o ponto de vista dele. Sei que eu deveria ter mais coragem, porém provavelmente a garotinha não tem tanto medo porque sabe que seu pai é um grande médico e confia muito nele. Por outro lado, ela está morrendo e eu não. Então faz sentido aceitar fazer qualquer coisa para tentar sobreviver.

Sou muito medroso quando se trata de tratamento médico. Odeio agulhas, dentistas me dão calafrios e o cheiro de hospital me deixa com tonturas. Quando criança, minha mãe sofria para conseguir me levar ao médico. Era uma luta sem-fim, até ela me vencer pelo cansaço. Porém, era difícil me controlar no hospital. Eu gritava e chorava. Não era minha culpa, tinha muito medo.

— É loucura viver com dor. Vamos acabar logo com isso. Tudo vai terminar bem. — Novamente ele tentou me convencer. Desta vez parecia determinado. Mas, como de costume, voltei a recusar. Apenas pedi a receita dos remédios e saí da sala com a cara fechada. A resposta seria sempre a mesma, até que um dia me convenceram a fazer mais uma bateria de exames. Foi então que os argumentos dele se tornaram válidos:

— Se não fizer a cirurgia, você provavelmente vai morrer.

Passei uma semana com dores fortes. Acabei cedendo.

Ele me deitou em uma maca e preparou tudo para começar. Fui anestesiado e aos poucos perdi os sentidos. Alguns médicos chegaram para ajudar e meu médico, sorrindo, dizia:

— Este é o guerreiro de que tanto falei. Graças a ele, minha filha vai viver mais um ano. Seus órgãos serão um grande presente na vida da minha pequena garotinha.

ACEITA UMA FATIA?

Já passava das onze e meia da noite, e nesse horário costumávamos fechar nossa pizzaria. Ela era a única no bairro, então parávamos a essa hora mesmo. Não fazia nem seis meses que havíamos começado e os negócios iam muito bem. Como não existia concorrência, dinheiro nunca foi preocupação.

Éramos a Müller Pizzaria. Em pouco tempo ficamos muito conhecidos na cidade. Tínhamos um pequeno problema em confiar em outras pessoas, por isso Tais, minha esposa, fazia as pizzas e eu mesmo as entregava.

Estávamos prestes a fechar a pizzaria, mas recebemos uma ligação fora de horário. Tais não se importou em fazer mais uma pizza e, claro, eu não me importaria de entregá-la. O dinheiro era tão bom que mesmo depois das onze e meia ainda estávamos trabalhando.

Coloquei a pizza na moto e saí para entregá-la. Tais foi direto para casa, e logo depois da entrega eu faria o mesmo. O endereço era um pouco distante, mas não liguei. Ao chegar à casa, toquei a campainha e uma velhinha me atendeu. Estava toda de preto e tinha a cara mais feia que já vi. Sua voz era meio rouca, e depois de ouvi-la tudo o que eu queria era ir embora. Logo que peguei o dinheiro de sua mão enrugada e gélida, ela me ofereceu uma fatia de pizza. Claro que não aceitei – além de já estar enjoado de pizza, eu não costumava comer com meus clientes. Rejeitei sua oferta e saí o mais rápido que consegui. Não comentei nada com Tais quando voltei para casa. Ela estava tentando engravidar e esse tipo de assunto não contribuiria para o clima que queríamos para aquela noite.

Passada uma semana do ocorrido, no mesmo horário, quase à meia-noite, nosso telefone tocou e a senhorinha pediu a mesma pizza da outra vez. Fiquei meio aflito em saber que eu teria que ir até lá novamente. Mas, pelo dinheiro, aceitei. Da mesma forma que uma semana antes, ela pegou a pizza e com sua voz rouca me ofereceu uma fatia. Como da outra vez, recusei e saí rapidamente.

— Pelo menos não é todo dia! — Era o que eu falava a cada pedido dela. A velhinha me ligava, eu entregava a pizza, e ela me oferecia uma fatia. De semana em semana, um único dia, durante um mês, foi assim.

— Eu aceito, obrigado! — respondi para a velhinha, com esperanças de ser a última vez que ela me ofereceria uma fatia.

Saí de sua casa após comermos, não apenas uma, mas três fatias. Não fui embora com pressa como das outras vezes. Não senti essa necessidade, afinal ela me parecia diferente. Conversamos bastante sobre a vida. Era uma velhinha muito sorridente, e mesmo sendo tão feia desta vez não me importei.

Carlos veio me ajudar, era meu cunhado. Tais não andava se sentindo bem, tinha enjoos frequentes e vomitava muito, então assumi a produção das pizzas enquanto Carlos as entregaria. E foi assim naquela noite inteira. Era quase meia-noite e o telefone tocou. Nem me dei o trabalho de atender, apenas marquei o endereço em um papel e pedi a Carlos para fazer a entrega. Ele já estava se preparando para subir na moto quando veio até mim dando risadas.

— Essa foi boa, cara! Quase caí na brincadeira.

Não entendi o que ele quis dizer, então o questionei sobre qual brincadeira ele falava.

— Ah, ok! Acha mesmo que vou cair nessa? Você nem atendeu o telefone. Aposto que era a Tais ligando para ajudar com o trote.

— Mas do que é que você está falando, Carlos?

Ele ficou sério, olhou para o endereço marcado no papel e me entregou tremendo.

— Não sei se você está falando sério ou não, mas eu não vou entregar nada nessa casa. Não vou me arriscar e acabar amaldiçoado. Essa é a casa da Madame Coreh.

— E daí?

— Reza a lenda que ela oferece comida amaldiçoada para os homens casados, que perdem suas esposas para as doenças mais horríveis que se pode imaginar.

Não sou de acreditar em contos de fada nem em lendas, mas corri até o telefone e liguei para Tais. Precisava saber se ela estava bem. Ao atender, ela parecia chorar muito. Perguntei o que houve e ela respondeu que estava vomitando muito, mas desta vez era sangue. Larguei o telefone com muita fúria, agarrei o braço de Carlos e o puxei até a moto.

— Vamos, vou dar uma surra naquela velha rouca dos infernos!

— Você até poderia tentar, mas ela morreu enforcada há muitos anos — disse Carlos, com a maior calma do mundo.

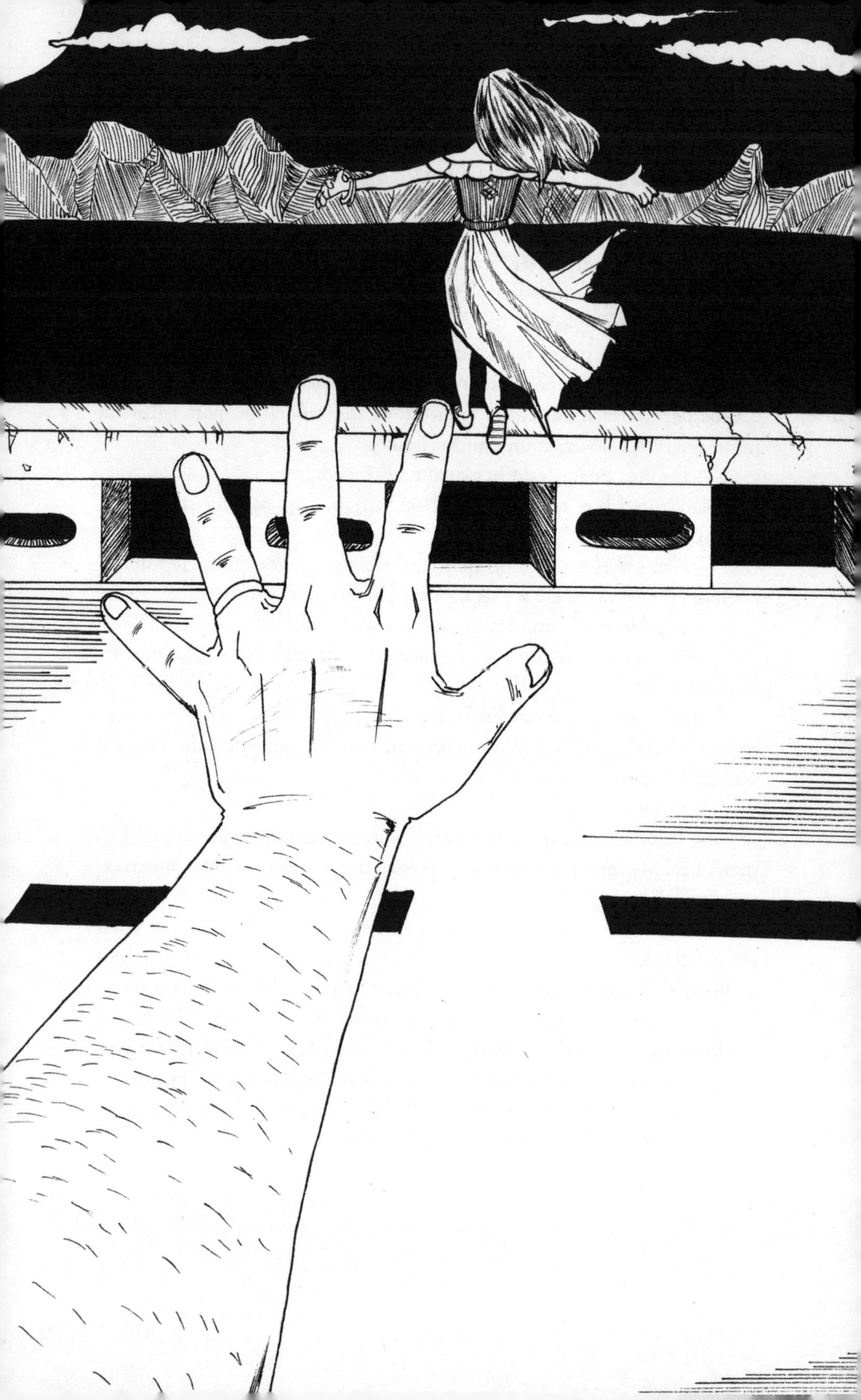

SEREI SEMPRE EU

Hoje é o último dia da minha vida, e por isso revivo o que tenho feito com ela até aqui. Sempre amei beber, sempre amei fumar e, com certeza, sempre amei amar.

Eu não amava tanto antes de conhecê-lo, já que por meio dele eu soube o que era viver. Deixei de lado meus amigos, e a vida me apresentou outros, saí de perto dos meus pais, e a vida me aproximou ainda mais dele. Não me lembro de tanta coisa, acho que esqueci aquela antiga vida. Ficar aqui parada na beira da ponte às onze e pouco da noite me dá vertigem. Não tenho medo de altura, mas por ser o último dia devo ter aprendido a ter.

Dizem que não há limites para os sonhadores, então sou uma mulher ilimitada, pois tenho sonhos até no último dia. Todos que conheci antes dele estão mortos. Por alguma razão, a morte deles me renovou. Pude viver com quem eu realmente queria, pude fazer tudo o que sempre quis. O mundo é um grande parquinho, e eu quero poder brincar à vontade.

Ninguém realmente me fez mal. Às vezes o que não é permitido precisa ser acessado, e os criadores de regras devem ser aniquilados. Não existe passe VIP, e sim uma boa facada.

O último dia sempre é tão solitário? Por que tem que ser assim? Por que todos que deveriam presenciá-lo ao meu lado resolveram partir? Oh, eles não puderam escolher? Eu lhes dei a chance, várias vezes, mas preferiram ver meu passe VIP.

Após um longo e cansativo dia eu tomei. Como sou a única a observando, ela é a única que me verá no fim.

Medo? Por que você está aqui? Quando matei todos eu não o vi por aqui, então... Por que está aqui? Quer me fazer desistir? Quer me mostrar outro caminho? Quer ser um criador de regras também? Não posso escolher como será o fim do dia? Eu não estou louca, eu não estou louca, eu não estou louca. Mas devo estar.

Ele chegou? Olhei para trás, e sim, ele chegou, meu marido veio até aqui, e seu olhar me diz que quer me impedir. Nunca correu assim ao meu encontro, está determinado. Mas, infelizmente, eu já decidi.

Nenhuma palavra? Pensei que falaria alguma coisa, mas me enganei. Não vou segurar sua mão, não desta vez. Ninguém está vendo, apenas a paisagem irá testemunhar. Descer daqui é parte do plano, te abraçar faz parte também, esse é meu passe VIP. Apenas um empurrão e pronto. Enquanto o observo cair nas rochas lá embaixo vejo que tudo mudou, serei eu novamente. Como eu disse, hoje é o último dia da minha vida, pois, amanhã, nascerei outra pessoa.

CONVERSANDO COM DEUS

Trabalhar em um escritório na frente de um computador não é tão bom como parece. É exaustivo, o corpo começa a doer, as vistas embaçam e incomodam muito, e a dor de cabeça é inevitável no fim do dia. É claro que ganho bem, tenho uma pequena fortuna, e sei que logo terei muito mais.

Minha esposa não é feliz. Posso ver em seus olhos que meu dinheiro não é o suficiente. Ela tem tudo o que sempre quis, e mesmo assim não vejo felicidade neles. É aquele típico exemplo de pessoa que vive dizendo que dinheiro não é tudo, mas, se eu lhe tirar o dinheiro, aposto que fará de tudo para tê-lo de volta.

Nunca a vi faltar a um único culto na igreja. Ela sempre tenta me arrastar para lá. Sou muito ocupado, não teria tempo para ver com meus próprios olhos o quanto seria perda de tempo estar lá. Às vezes sinto pena dela. Não pode ter filhos, e o dinheiro não a faz feliz... Como alguém pode viver assim?

Essa pergunta foi o motivo de eu decidir ir com ela à igreja, pois a resposta precisaria estar lá. Nesse mesmo dia recebi um e-mail muito estranho, cujo assunto era "Respostas". Seria muita coincidência recebê-lo nesse exato dia, então o abri. Dizia: "A felicidade exige amor!".

Fiquei paralisado ao ler a mensagem. Seria essa a resposta à minha pergunta?

Escrevi de volta imediatamente: "Como você sabe? Você me conhece?".

Ele não respondeu naquele mesmo dia, e por conta disso não consegui dormir, e com certeza não fui à igreja.

Cheguei bem cedo ao trabalho e fui direto checar minha caixa de entrada, e lá estava a resposta: "Sei apenas o que posso ver, ouvir ou sentir!".

Digitei rapidamente outra pergunta, e não me surpreendi ao ver a resposta somente no outro dia:

"E o que mais você sabe sobre mim?"

"Tudo!"

Os dias foram se passando e continuei perguntando. Queria saber se era alguma brincadeira ou realmente verdade:

"Qual é o meu doce favorito?"

"Você odeia doces!"

"Qual é o nome do meu cachorro?"
"Qual cachorro?"
"Ah, te peguei! Eu tenho um cachorro que se chama Danado!"
"Não pensei que os mortos contavam…"

Confirmei a morte de meu cachorro naquele mesmo dia. Tinha morrido três dias antes. Andei tão ocupado que minha esposa nem se deu o trabalho de me contar. O fato de esse cara saber mais do que eu estava me incomodando. Mas decidi tirar proveito disso de alguma forma:

"Qual das minhas secretárias aceitaria ser minha amante?"
"Qualquer uma da sua empresa, todas amam dinheiro!"

Minha vida mudou completamente. Aproveitei todos os prazeres possíveis utilizando a sabedoria do desconhecido. Eu sabia como mentir sem ser descoberto, como roubar sem ser pego e punido, e como conseguir qualquer mulher que eu quisesse.

Minha esposa não estava feliz. Eu sabia que não lhe dava atenção, que quase não conversávamos mais. Ainda assim eu ainda a amava, mesmo sem saber por quê.

"Por que amo minha esposa se posso ter qualquer outra mulher que eu quiser?"
"Porque ela não é uma mulher qualquer, dessas que você pode ter se quiser!"

Era verdade, ela não era como as outras. Quando a conheci eu nem sequer tinha dinheiro, e mesmo assim ela ficou comigo. Sempre esteve ao meu lado… Sempre!

Por eu ter me afastado tanto de minha esposa, ela me abandonou. Agora finalmente entendo… O dinheiro não é tudo. Ele não vai trazê-la de volta. Sei que ela merece muito mais do que sou capaz de dar, mas hoje posso ter o que quiser, e a quero de volta:

"Como faço para ter minha mulher de volta?"
"Não sei."

Fiquei furioso. Após todo esse tempo de seriedade ele resolve me fazer de palhaço justo agora. Teria que esperar um dia para ter a resposta, mas eu a teria:

"Como assim, você não sabe? Está brincando comigo?"
"Não conheço o coração das pessoas. Mesmo que conhecesse, não poderia chegar perto dessa mulher para examiná-lo!"

Outro dia… esperaria outro dia… mas esse idiota me responderia. Ele sabe, ele tem que saber.

"Se você é realmente Deus, então deveria saber de tudo!"

Após ler a resposta, no dia seguinte, nunca mais usei meu e-mail. Minha amada se casou com o pastor de sua igreja, e eu entrei em depressão. Esqueci muitas coisas ao longo da minha vida, mas não aquela resposta:

"Posso não saber de tudo como Ele, mas de uma coisa tenho certeza: não foi com Deus que você esteve conversando!"

"Ora, a serpente era mais astuta que todas as alimárias do campo que o SENHOR Deus tinha feito" (Gênesis 3:1).

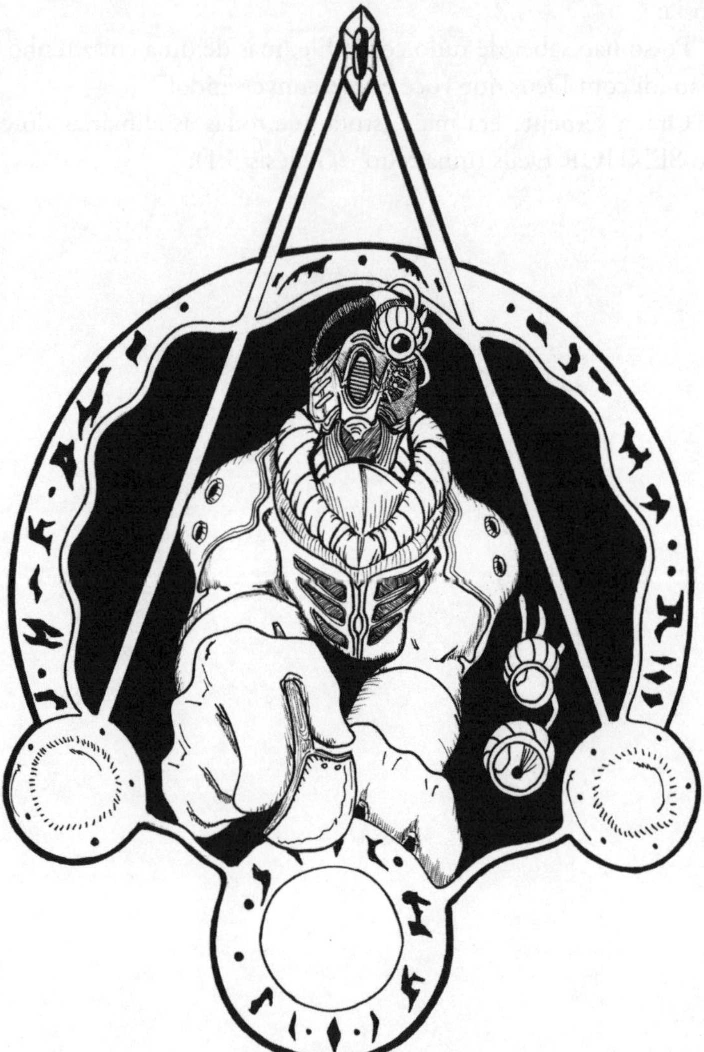

SEM MOTIVO

    Eles finalmente chegaram... Irromperam dos céus com suas naves gigantes. Sua existência era o mito que muitos temiam ser verdadeiro... Não estamos sozinhos, isso é inegável agora. Eles existem!
    A forma de seu corpo é muito parecida com a do nosso, somos quase idênticos fisicamente. Os mitos diziam que podiam ser quadrúpedes, mas estavam enganados, são bípedes, andam com duas pernas.
    A tecnologia deles é diferente da nossa. Suas naves são mortíferas. Não foi preciso confirmar que eles não eram amigáveis. Logo que chegaram, suas tropas nos atacaram e, como era de esperar, fomos esmagados. Alguns poucos foram levados para as naves e, lá, torturados. Outros conseguiram se esconder, mas é só questão de tempo até serem encontrados.
    Fomos escravizados. Com tantas sondas e lâminas pontiagudas implantadas em meu corpo, posso dizer que também fomos estudados.
    Já não sinto dor nem raiva, mas medo é o que agora me define. Houve uma guerra e não foi nenhum pouco bonita. Mesmo estando em maior número, não conseguimos nos defender, foi horrível e... Sinto que está pior agora. Fui capturado. Perder todos que eu amava não foi suficiente, algo me espera e sei que não será nada bom.
    Não existe motivo plausível para o que fizeram conosco. No início pensei que fosse por medo, mas, como não entendo as expressões faciais deles, não tenho certeza. Parecem bem organizados e muito objetivos. Não entendo o que dizem, mas sei que se entendesse iria preferir a ignorância, a incompreensão.
    Após removerem as sondas de meu corpo e todos os metais, fui colocado sobre uma placa metálica e saímos da nave. Para minha surpresa estávamos em outro planeta. Não pude ver muito, estava escuro, e logo que deixamos a nave fui levado a uma espécie de sala de cirurgia, ou pelo menos ao que eu acredito ser uma sala de cirurgia – ao meu redor existem vários utensílios que parecem servir para esse fim.
    Senti uma dor no meu corpo. Quando olhei, estavam introduzindo um metal fino e pontiagudo em mim. Logo em seguida apaguei, e não sei ao certo por quanto tempo, mas provavelmente foram vários dias.
    Agora estou preso em uma espécie de jaula feita de vidro. Apesar de espaçosa, me sinto desconfortável, pois a todo momento esses seres nojentos enfiam a cara contra as paredes e fazem uma expressão estranha.

Como a maioria usa a mesma expressão ao me ver, acredito que ficam fascinados com o fato de eu existir.

Não tenho mais esperanças, eles nunca vão me libertar. Posso me considerar morto... Perdi tudo, e sei que nem razão para viver tenho mais.

Estou sendo removido, colocaram-me novamente na placa metálica. Eu nem tento resistir, sei que não vai adiantar. Sinto outra vez a lâmina pontiaguda, mas agora apenas meu corpo para de se mover... Ainda estou acordado.

Trouxeram-me de novo para a sala de cirurgia, e eles me mantêm na placa metálica, que agora está úmida, e é por causa de sangue, meu sangue. Não consigo olhar para baixo, mas sei que estão cortando meu corpo – a dor é insuportável, porém não consigo gritar. Sinto meus órgãos sendo retirados, um a um, e a vida vai embora aos poucos.

Já não vejo mais nada. Há apenas dor e raiva. Malditos humanos, vocês é que mereciam morrer!

MEREÇO MAIS?

Como de costume, acordei olhando para o teto. Minhas mãos estavam suando, e isso não era novidade... Calor, muito calor, mesmo!
Leila, minha irmã, veio até meu quarto e me ajudou a me vestir. A roupa que escolhi não seria novidade para ninguém no colégio. Fiz sinais para minha irmã, e ela me pegou no colo. Não deixavam mais a minha cadeira tão perto da cama. Eu sempre tentava sentar nela sozinha e acabava caindo.
Comi duas torradas e fui para o colégio, onde encontrei as atrocidades, pessoas que têm tantos problemas quanto eu e mesmo assim parecem levar uma vida muito melhor do que a minha. Nunca pude aceitar isso, não era justo.
Júlia, a desastrada e fora de moda, está sempre usando roupas iguais. Vive tropeçando em tudo e em todos. Mas possui as melhores notas do colégio e tem futuro garantido. Cézar, o cara mais nojento que conheço, vive tentando impressionar as garotas, mas não percebe que todas elas o querem bem longe. Sem contar o bafo de torradas e as mãos pegajosas. Tenho vontade de vomitar toda vez que o vejo. Ele não merecia ser um dos melhores nos jogos da escola. Meu colégio estava lotado de pessoas que não mereciam tudo o que tinham, e eu deveria ter muito mais do que elas.
A cada dia eu me sentia ainda mais insignificante para todos. O máximo que eu atraía para mim era a pena que eles sentiam quando me viam chegando. Poucos sabiam se comunicar comigo. A muda ruiva do colégio era a que mais tinha amigas. Nossa, como eu a odeio por isso!
O intervalo era sempre uma droga. Como ninguém se interessava em se aproximar de mim, eu ficava sozinha esperando as aulas começarem. Apareceu uma garota nova na minha sala hoje. Por ironia do destino, ela é linda. Digo isso porque ela é cega. Claro que eu a odiaria também, ainda mais depois de ver que todos estavam sendo legais com ela. Não posso evitar, e sei que eu deveria, mas a inveja que sinto me faz querer matar todos eles. Certamente não iriam desconfiar de mim, mas tenho medo. Nunca se sabe como será o dia de amanhã.
Voltei para minha casa com o mesmo ânimo de quando saí. Fiz sinal para minha irmã me pôr de volta na cama. O dia havia sido exaustivo. Eu só queria ficar deitada. *Não é justo, não é justo!* Minha mente foi se acalmando aos poucos e logo adormeci. Acordei no dia seguinte, mas desta vez não conseguia mais ver o teto de casa.

FÃ NÚMERO UM

Apaixonei-me por sua voz no momento em que a ouvi pela primeira vez. Eu era jovem e tinha sonhos que muitos considerariam bobos. Ele postava vídeos todos os dias. Eu não perdia nenhum. Suas piadas me faziam dar boas gargalhadas. Conforme os anos foram se passando, o amor que eu sentia por ele só aumentou. Ninguém nunca me compreendeu. Muitas pessoas amam famosos, eu entendo, mas o tipo de amor que eu sentia era bem diferente. Com certeza não existe ninguém que o ama dessa forma.

Nos últimos anos houve uma conspiração horrível contra meu youtuber amado. Diziam que ele postava vídeos com mensagens subliminares, coisas que são compartilhadas para tentar modificar nossa mente. Várias dessas mensagens foram encontradas, confesso que fiquei chocada ao ver que realmente era verdade. Foi uma época difícil para mim. Imaginava que ele era extremamente confiável. Chorei por dias a fio, mas meu amor era muito forte. Não consegui odiá-lo. Os outros vídeos dele pareciam meio depressivos. Ele se mexia de modo estranho na cadeira. Os comentários nos vídeos foram desativados.

Nos dias atuais os vídeos estão mais coloridos. Gostei da preferência dele, achei legais as novas mudanças. Antes tudo parecia meio robótico, ensaiado, nem sempre havia amor no que estava sendo feito. Agora era bem melhor, as músicas, as roupas que ele usava, tudo ficou ainda mais interessante.

Os acessos aumentaram bastante. O número de inscritos no canal dobrava a cada ano. Era o sucesso que meu amado tanto merecia, mais de seis milhões de ovelhinhas — era assim que ele nos chamava. A ideia foi minha. Comentei isso em um de seus vídeos. O fofo me respondeu que a ideia era genial e que combinava completamente com a proposta do canal. Aposto que muitos morreram de inveja. Ele não costumava responder comentários.

Um de seus vídeos mais recentes começou a viralizar. Era normal os acessos passarem de quinhentos mil por vídeo, mas esse chegou a três milhões em apenas cinco dias. Fiquei encantada por ver que tantas pessoas se interessaram pelo trabalho do meu fofo. Mas hoje algo me chocou. Vi que o vídeo estava sendo acusado de conter mensagens ocultas – depois de tantos anos ele começou novamente com isso. Fiquei muito triste. O vídeo viral estava passando da marca de cinco milhões de visualizações e pelo motivo errado.

    Hoje, quando voltei da cidade, entrei em casa sentindo uma raiva enorme. O vídeo estava me preocupando muito, então fui até a cozinha e preparei algo para comer e me acalmar. Depois, fui até meu quarto e cortei a outra perna do meu fofo. Seus olhos encheram-se de lágrimas. Eu entendia seu sofrimento, mas havia deixado bem claro da última vez: pedir socorro em outro vídeo traria consequências. Naquela ocasião foram uma das pernas e três dias sem comer. Acredito que agora tudo ficou muito claro. Ele finalmente entendeu que também era uma das ovelhas, mas ainda lhe dei de comer, apenas para mostrar que o lobo não era tão ruim assim.

MÃE

Era uma linda manhã, um ótimo dia para passear. Então foi o que fiz. Saí bem cedo e dei início à minha caminhada. Uma manhã de sexta-feira. Passei por vários lugares, sempre observando com muita atenção tudo ao meu redor. Depois de duas horas resolvi voltar para casa, e estava quase morta de cansaço.

Tive depressão uma vez, e foi logo após eu ser diagnosticada com esquizofrenia. Agora me sinto curada e acredito que sair todas as manhãs ajudou bastante. Ainda tomo remédios, apesar de às vezes me esquecer.

Meu marido me abandonou e até me culpou por todas as tragédias que aconteceram em nossa vida. Eu me sinto responsável por tudo. Mas, mesmo que ele esteja certo, não me sinto a mais errada da história.

Tenho três lindas filhas. Amanda é a mais velha, está no último ano do ensino médio. Letícia é a do meio e está começando o ensino médio. Tessa é a caçula, está no sexto ano. Amo muito minha família. Sempre faço de tudo para estar presente. Sou uma mãe extremamente exigente, gosto que façam tudo o que mando.

Hoje fui à lavanderia da minha amiga Susan. Ela sempre fez um ótimo trabalho. Não era à toa que havia progredido tanto. Conseguiu comprar um carro novo e até reformou a casa. Seu problema era a obesidade, mas ela não se importava com isso, já que era feliz.

Saí de lá com o porta-malas lotado. Não teria como fazer várias viagens, então foi dessa forma mesmo. Passei na floricultura, precisava de um vaso para colocar as flores que Tessa tanto amava. Queria lhe fazer uma surpresa. Decidi ir buscar as meninas mais cedo no colégio. Da lavanderia, fui até onde Amanda e Letícia estudavam. Depois de apanhá-las, a traseira do carro ficou muito baixa. Então andei devagar até a escola de Tessa.

A caçula sempre foi a mais difícil de todas, e eu temia que ela não gostasse de mim, mas hoje queria muito poder agradá-la. Quando cheguei ao colégio pedi que a chamassem. Ela veio andando como sempre, olhando para o celular e ignorando o mundo à sua volta.

Tessa entrou no carro, e estava com cara de birra. Provavelmente fez algo de errado na escola. Afivelou o cinto e colocou os fones de ouvido... Iria me ignorar. Quando finalmente olhou para mim, deu um grito tão alto que minhas mãos até tremeram no volante. Sorri para ela logo em seguida.

— Quem é você? Eu quero a minha má... — disse Tessa, pouco antes de eu acertar o vaso em sua cabeça.

O GAROTO CERTO

Matheus sempre quis ficar comigo. Quando finalmente aceitei, me arrependi amargamente. Ele não desgrudava mais de mim. Moro em uma cidade enorme, tenho um ótimo emprego, e Matheus... Bem, digamos que ele tenta sobreviver.

Já saí com vários amigos de Matheus. Todos me diziam que ele também queria ficar comigo, então foi mais por pena. Os outros garotos sempre me levavam a lugares bonitos ou caros, mas Matheus me beijou na praça mesmo, e foi deprimente. Ele mora em uma área rural, o que por si só é desagradável, sempre odiei o verde.

Acho que a pior parte do encontro que tive com o garoto do mato foi buscá-lo em casa. Ele não é feio, e esse foi o motivo de eu ter feito esse sacrifício. Mas não morar na cidade elimina totalmente a ideia de um segundo encontro. Ser fofo e bonito pode atrair muitas, só que eu ainda prefiro o luxo, e isso ele não tem.

Sei o que todos querem, mas irão passar vontade. Posso sair com vários, porém apenas um me terá, também não sou uma vadia. Nunca me apaixonei de verdade, então provavelmente viverei assim até encontrar o cara certo, e sinto que vai demorar um pouco para isso acontecer.

Hoje acordei com meu celular aos berros. Era Matheus no WhatsApp, deprimente como sempre. Ele havia deixado dezessete mensagens dizendo que queria muito me ver. Resolvi ignorá-lo. Não seria legal para a gente se encontrar novamente. Matheus continuou insistindo, hora após hora, e, quando por fim me convenceu, peguei meu carro e caí na estrada. Ele era bonito, e só.

Parei no posto de gasolina e comprei um engradado de cerveja. Matheus não bebe, e não seria com ele que eu tomaria essas belezinhas, pois tem muitas festas para se visitar nesta cidade.

A viagem durou em torno de uma hora e meia, e digo que o beijo dele faz valer o tempo na estrada. Quando eu estiver em casa vou bloqueá-lo e nunca mais ouvirei falar do comedor de capim.

Matheus não mora sozinho. Os pais e duas irmãs mais novas moram com ele. Eu diria que é uma família meio diferente, já que é Matheus quem põe a comida na mesa. Os pais dele já são velhos demais para trabalhos muito pesados. É admirável, mas só isso, nada mais.

Eram oito e cinquenta da noite quando cheguei. Estava frio e escuro, por isso não iria ficar ali muito tempo. Estacionei perto de uma cabana toda enfeitada e colorida. Matheus não morava ali. Sua casa ficava um pouco mais para a frente, na estrada, mas o combinado era nos encontrarmos naquele ponto. Ele estava todo arrumado. Segurava uma lanterna. Quando saí do carro, caí em seus braços e o beijei.

Ele havia feito uma fogueira. Ficamos abraçados em volta dela durante um tempo. Eu não iria poder contar isso a ninguém, pois todos sabem o quanto desprezo Matheus. Talvez esse sentimento esteja mais nas palavras que em meu coração. Eu vim até aqui, e agora estou perto do garoto que jurei nunca mais encontrar. O que há de errado comigo? Senti-me segura em seus braços, e ele me chamava de amor.

Quando olhei a hora em meu celular vi que já deveria estar na estrada. Então empurrei com carinho o garoto bonito e lhe avisei que teria que ir embora, pois estava tarde. Levantamos e demos um último beijo de despedida, e depois ele me acompanhou até o carro.

Matheus ligou a lanterna para eu poder encontrar a chave do carro em minha bolsa. Quando enfim a encontrei, sua expressão mudou drasticamente. Ele parecia com raiva, me pegou pelo braço e tentou me arrastar para dentro da cabana. Tentei lutar, mas ele era muito forte.

— Venha comigo, quero te mostrar uma coisa lá dentro! — disse com uma voz séria, deixando-me muito assustada.

Tentei gritar, mas estava tão surpresa com a mudança de estado dele que não consegui pronunciar uma palavra. Quando estávamos quase dentro da cabana, eu o empurrei na parede e ele soltou meu braço. Corri desesperada para o carro e dei ré. Matheus gritou para eu não fazer isso, e só não passei por cima dele porque estava louca para chegar em casa logo.

Meus olhos se enchem de lágrimas ao pensar que fui tão idiota por acreditar naquele garoto. Meu celular começou a berrar sem parar, e eu sabia que era ele. Quando me acalmei um pouco, peguei o celular na bolsa com uma mão enquanto a outra estava no volante. Abri meu WhatsApp, e, lá embaixo, na última mensagem que Matheus me enviou, havia um áudio. Cliquei para ouvir: "Amor, para esse carro e sai correndo daí. Tem um homem de preto armado no banco de trás", disse o áudio de Matheus pouco antes de eu sentir um bafo de cerveja vindo de trás de mim.

EU TE ORDENO!

Hoje tenho quinze anos. Quando matei meus dois irmãos eu tinha dez. É impossível esquecer seus olhares pouco antes de morrer, e não era eu aquela noite, era a voz me controlando.
"Mate os dois."
"Eles precisam morrer."
"Você é o mais especial."
Na época em que eu ouvia tudo isso não podia fazer nada, ou seja, podia apenas ouvir.
Minha mãe me odeia. Ela nunca mais me olhou da mesma forma e acho que nunca mais vai olhar. Ela é uma psicóloga renomada, no entanto preferiu que estranhos me orientassem. Eu precisava de ajuda, o que nunca tive dela. Não sei ao certo o que meu pai pensa de mim, mas ele foi o que mais me apoiou, e sempre esteve ao meu lado até me ver melhorar.
Não moramos mais na mesma casa. Aquele lugar morreu para mim junto com meus irmãos. Mesmo estando tão longe, as lembranças ainda permeiam minha cabeça. Dormir não era mais um problema, e acordado eu apenas tentava evitar os pensamentos ruins.
Relaxado, meu sono era profundo, e foi nesse momento que ela retornou:
"Ele precisa morrer também."
"Mate-o."
"Não o deixe viver."
Paralisado... Todo o meu corpo estava imóvel, e a voz novamente tomava conta de mim. Tentei gritar, mas não saíam palavras de minha boca, e a voz ainda soava em meus ouvidos. "Ele precisa morrer também."
Não podia contar para ninguém o que estava acontecendo comigo, eles iriam querer me internar novamente. Eu sabia que a voz não iria vencer, pois não sou mais criança, não tenho por que dar ouvidos a ela.
"Você está sob o meu controle agora."
"Ele precisa morrer."
"Será você se não for ele."
A voz voltava todas as noites. Eu sentia meu rosto se umedecer. Eram minhas lágrimas. Eu estava com medo de ceder a ela. Não sou

um monstro. Mesmo que me odeie por tudo que já fiz, não consigo me culpar. Não sou um monstro.

"Você quer morrer?"

"Será você se não for ele."

"Mate-o."

Não! Era o que eu queria poder dizer, mas por alguma razão não conseguia. Talvez não fosse possível vencer, eu havia perdido da última vez, e provavelmente a voz não iria desistir tão fácil.

Sentia minha respiração, e percebi algo também. Eu conseguia mover minha língua enquanto dormia. A voz, astuta como sempre, tentava me fazer ceder, ela queria que eu o matasse. Mas jamais faria isso, pois ele foi o único que confiou em mim.

O gosto de sangue quente invadiu minha boca. Meu corpo podia ser movido novamente, então abri os olhos.

Sua boca se movia no escuro. Seu hálito era de menta. Acho que não sabia que eu havia acordado, pois minha mãe ainda dizia:

"Mate-o."

"Ele precisa morrer."

FOME

Lembro-me de poucas coisas antes de acordar em um quarto escuro. Uma delas era seu sorriso. Ele não parecia ser uma pessoa ruim. Agora vejo o quanto estava enganada.

No início achei que ele queria apenas minha bolsa. Tenho muito dinheiro, e acreditei que ele soubesse. Pedia esmola como qualquer outro mendigo, mas me seguiu logo depois de eu lhe dar uns trocados. Esperou a hora certa, e seja lá o que ele injetou em mim conseguiu exatamente o que queria.

Consigo ver pouco, mas se forçar minha vista posso identificar a maioria dos objetos ao meu redor. Estou em um quarto pequeno cheio de tralhas. Provavelmente é onde ele guarda suas velharias. Será que sou uma delas?

Tentei gritar várias vezes. O único resultado foi deixar minha garganta rouca, nem sei se alguém consegue me ouvir. E mesmo quando ele entra no quarto sou completamente ignorada. A única coisa que ele sempre faz é me alimentar.

Já perdi meus dois pés e uma das minhas mãos. Não sou burra a ponto de não saber que ele está me alimentando com partes do meu corpo. É tão esperto que me deixa um dia todo sem comer, e quando aparece me traz sempre aquela sopa estranha com pedaços de carne. A fome é tanta que não ligo de comer.

Sou sempre colocada para dormir, então nunca senti meu corpo ser cortado. Todas as vezes que acordo percebo que uma parte de mim foi embora. Sei que logo a terei de volta dentro de uma sopa.

Cansei de chorar. Ele não merece minhas lágrimas. Esse maníaco merece a morte. Mas, como já perdi minhas duas pernas e minha outra mão, não há mais nada que eu possa fazer.

Por fim, perdi meus dois braços, e não vou negar: estavam deliciosos. Não há mais tanto de mim que ele possa tirar sem me matar. Não sei como será daqui para a frente.

Acabo de acordar com um barulho... É ele entrando no quarto. Não está com a serra e os outros utensílios costumeiros, apenas com aquele sorriso.

— Hoje o que eu vou comer? Meus olhos? — perguntei com todo o desprezo que eu sentia por ele.

— E quem disse que era você quem comia? — disse ele lambendo os beiços enquanto sorria.

MORDIDAS

Faz meses que a infecção se espalhou pelo mundo. Está cada vez mais difícil viver. Comida no fim, pessoas definhando e implorando ajuda. A vida dessa forma não vale a pena, mas o medo da morte é motivador, e nele nos apoiamos todos os dias.

Há filmes e livros que falam sobre o assunto, mas nenhum deles se aproximava realmente do que aconteceu com o mundo. Eu me lembro do início, das pessoas pulando de alegria, correndo para fora de suas casas com tacos e barras de ferro, acertando a cabeça daqueles que um dia foram considerados pessoas, e todos, sem exceção, estavam muito felizes.

O mundo era um caos total. Pessoas formavam grupos e os que tinham acesso a armas mandavam nos que não tinham. Davam nomes idiotas, sentiam-se superiores aos outros. Mesmo depois de muito tempo ainda havia aqueles que estavam amando o novo mundo.

Mordidas são nossa maior preocupação. Se alguém infectado morde um ser vivo, ele se torna um dos infectados também. Mas, diferente dos filmes, as pessoas não se transformam depois de alguns sintomas. Acontece simplesmente do nada, por isso quando alguém do meu grupo era mordido nós o abandonávamos no mesmo instante.

Eu não me chamaria de líder, mas foi o que me tornei. Minha esposa me largou no meio desse caos. Começou a namorar alguém de um grupo rival. Ela também levou nossos dois filhos, o que tem me consumido. É difícil para mim. Passei a viver sem me afeiçoar a mais ninguém, pois é mais fácil abandonar uma pessoa quando ela é mordida. Dia após dia, penso em minha família e o que sinto me faz chorar. Talvez eu nunca mais os veja, então acabei me tornando frio por dentro.

Vivemos nos deslocando. Ficar parado seria suicídio. Nosso grupo fica cada vez menor. A fome superou até o medo que tínhamos dos infectados. Descobrimos uma fábrica de alimentos e resolvemos invadi-la. Nossos rivais pensaram da mesma forma, então acabamos nos enfrentando. A disputa saiu do controle, e os infectados apareceram em uma multidão. Muitos morreram ou foram mordidos. Consegui me esconder em uma sala isolada. Quando vi minha ex-mulher correndo até mim, acabei cedendo ao que eu sentia e abri a porta. Ela escolheu a própria vida e por isso nossos filhos morreram no ataque. Nós dois ficamos ali durante muitos dias. Tínhamos comida de sobra nos depósitos. Consegui conquistar seu amor novamente e agora apenas espero, pois um dia, sem ela perceber, a mordida na minha perna irá se vingar.

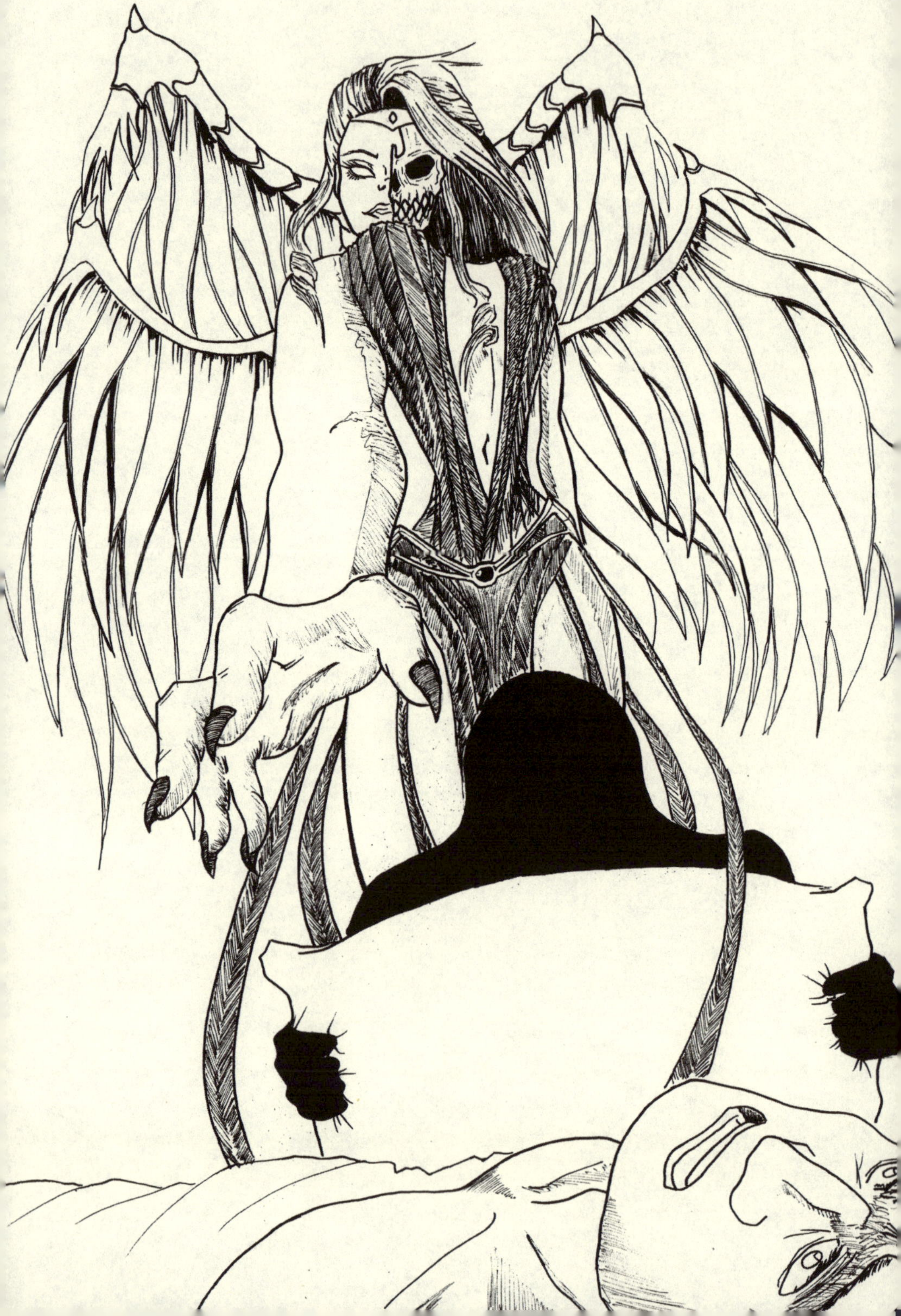

ANJO DA MORTE

O número de mortes aumentava cada vez mais. O hospital inteiro estava alvoroçado. Por ser enfermeira, meu trabalho vai além de cuidar dos pacientes. Eu também os acalmava, pois ninguém sabia ao certo o que estava acontecendo. O fato é que pessoas com doenças incuráveis estavam indo a óbito por asfixia. Os jornais diziam que alguém com algum distúrbio mental ou abalo psicológico estava matando os doentes por pena.

Ao todo foram vinte e três mortes, a maioria por asfixia. Todas ocorreram em menos de três anos. Ninguém confiava em ninguém. O hospital precisava continuar em funcionamento e as pessoas acabaram se acostumando com a ideia de trabalhar com um lunático. Todos eram falsos uns com os outros. Minhas melhores amigas me tratavam de maneira diferente e, por minha vez, eu também as tratava com apatia.

Alguns pacientes que beiravam à morte começaram a implorar por ela. Então os quartos de todos aqueles que estavam muito mal passaram a ser monitorados dia e noite. Ninguém entrava sem revista. Os vigias estavam fazendo um trabalho excelente, pois decorridas várias semanas ninguém mais morreu de forma suspeita ou violenta.

Nesses casos sempre existem pessoas que apoiam o assassino. Muitos diziam que era realmente um anjo. Ele fazia o que ninguém mais tinha coragem: eliminava aqueles que morreriam de maneira lenta e dolorosa. Eu sempre deixava clara a minha indignação. Sou enfermeira há vários anos, não considerava o assassino um anjo.

Hoje tive que ficar até mais tarde cuidando de um paciente que já estava nas últimas. Sua vida ia embora lenta e dolorosamente. Todos que o viam seriam considerados suspeitos, afinal era difícil olhar para ele e não sentir pena.

Já era bem tarde quando vi uma silhueta do outro lado da janela. A pessoa veio a passos largos. Minha espinha congelou e o medo tomou conta de mim. Sua sombra alta se projetava agora na porta de vidro, que era forçada com violência.

O homem de preto entrou no quarto e me jogou com força contra a parede. Bati a cabeça e aos poucos fui perdendo a consciência. Minha última lembrança foi o segurança gritando horrorizado enquanto meu sorriso mostrava o que uma deusa consegue fazer com uma simples almofada.

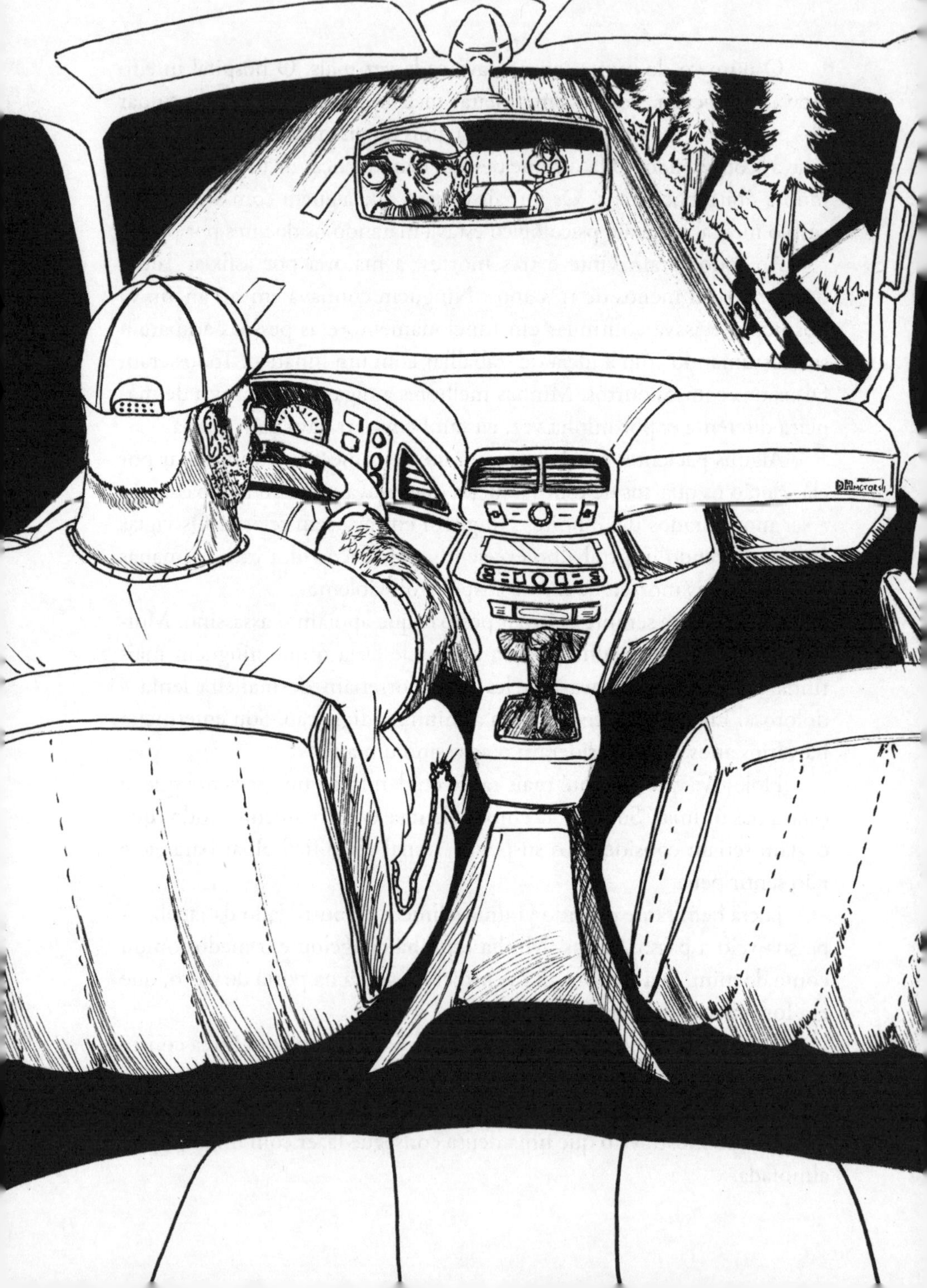

OLHE PARA MIM

Já vi várias coisas estranhas na estrada. Na maioria, ninguém acreditaria. Sou caminhoneiro, então viajo bastante. Meu parceiro de estrada havia falecido, e na única vez que precisei viajar sozinho algo perturbador aconteceu.

Estava na estrada. Era noite e passava por uma floresta com névoa bem densa, o vento frio fazia os galhos das árvores assobiar.

Avistei ao longe um ser se mexendo na beira da estrada. Quando me aproximei percebi ser uma moça. Era loira e trajava um vestido vermelho. Parei para ver se estava tudo bem. Ao perguntar o que fazia sozinha na floresta, ela me respondeu apenas:

— Está frio. Posso entrar?

Não recusei.

A garota não me olhava nos olhos. Sua visão estava sempre voltada para a frente, nunca para os lados. Não tremia mais de frio, seu rosto estava pálido e muito sério. Perguntei se sentia-se bem. Ela apenas confirmou com a cabeça. Acabei deixando pra lá.

Quando estávamos passando perto de uma cabana abandonada, ela me pediu para parar um pouco. Não fazia sentido parar ali, mas pensei que estivesse com a bexiga apertada, então concordei.

A garota ficou encarando o para-brisa por um momento, então me contou sua história. Ela estava em uma festa, seu namorado agiu como um babaca e tentou estuprá-la. Ela fugiu e acabou na floresta sozinha. Disse que se eu não tivesse aparecido provavelmente não encontraria o caminho de casa sozinha.

— Você mora nessa cabana? — perguntei.

— Não, mas vou ficar por aqui. Quando a névoa passar vou conseguir chegar em casa — disse, ainda olhando para a frente.

Eu não queria deixá-la sozinha naquela cabana, então me ofereci para levá-la até sua casa, ao que ela recusou.

Não me olhava, eu não entendia o porquê. Então resolvi perguntar:

— Por que você não me olha?

Gaguejando, a garota respondeu:

— Porque esse adesivo na sua janela me dá arrepios.

Ao conferir do que ela estava falando, meus olhos se arregalaram e saímos juntos do caminhão pela porta do outro lado. Eu mesmo não acreditaria se não tivesse visto com meus próprios olhos. Acabamos dentro da cabana, pois a figura sorridente na minha janela era meu parceiro que já havia falecido.

QUAL A DIFERENÇA?

Muitos dizem que ser mãe é fácil, outros dizem que não. Tive que criar sozinha meu bebê, então posso dizer que ser mãe é impossível.

Perdi meu marido em um acidente de carro e por conta disso resolvi me livrar de todos os seus pertences. Minha família me chamou de insensível, mas não vi serventia em guardar aquelas coisas. Eu amava meu marido, e digo que amava porque agora não sinto mais nada, não sinto sua falta, não sinto dor alguma por tê-lo perdido, não vejo motivo para chorar ou simplesmente pensar nele. Todos que já se foram não deveriam mais ser importantes, não existem mais, não poderão nos confortar nem nos ajudar em nada. A morte é o fim, apesar de ninguém concordar.

Passo horas tendo que aguentar meus sogros gritando comigo. Eles me detestam. Superei uma dor que definha a vida de muitos e por isso serei considerada um monstro para sempre.

Resolvi fazer uma viagem para tirar férias de todas essas pessoas. Levei meu bebê comigo, não poderia deixá-lo com meus parentes malucos que não entendem nada de superação. Passei dias fora de casa. Era ótimo ficar longe de irritações que pudessem perturbar minha mente. Comecei a entender que estar sozinha não era um problema, e sim uma solução. Então surpreendi a todos quando decidi me mudar. Menti ao dizer que um dia os visitaria – essas pessoas só iriam me destruir por não me entenderem.

Várias ligações. Em todas elas me imploravam para voltar. Queriam ver seu neto. A desculpa mais idiota que já ouvi, o que realmente queriam era continuar me atacando. Talvez agora eu os entenda um pouco. Bom, minha vida melhorou muito por conta desse entendimento. Guardo meu filho em um freezer escondido no porão. Se está vivo ou morto não faz diferença, até porque minha família me ensinou que os vivos e os mortos são tratados da mesma forma.

QUANDO A HORA CHEGA

Hoje estou com noventa e seis anos. Quase não tenho forças para fazer coisas que antes fazia com facilidade. Meus banhos são sempre constrangedores, já que necessito de alguém para me ajudar. Caminhar até o banheiro é uma tarefa difícil para mim, é realmente muito ruim não ser capaz de me cuidar sozinho.

Todos me abandonaram. Não recebo visitas há vários anos. Acho que nunca mais verei um rosto amigo. Estou beirando à morte há bastante tempo. Sei que logo vou partir e não haverá ninguém para chorar por mim.

A velhice me destruiu completamente. Quando jovem, eu era alguém. Hoje sou apenas mais um que ainda não morreu. Muitas vezes choro e sempre tem alguém ali para me assistir. Nem sequer posso ficar sozinho. Minha existência agora se resume a viver sentado ou deitado enquanto sou tratado como um bebê recém-nascido.

Meu passatempo favorito é relembrar os momentos marcantes em minha vida. Revejo os detalhes do dia em que me casei, o nascimento das minhas filhas, minha primeira promoção no trabalho, nossas viagens em família. Tudo era lindo e perfeito, eu nem poderia imaginar que aquilo um dia acabaria.

Estou abandonado, sou odiado, sou velho e acabado. Nada no mundo importa mais para mim. Vivo apenas porque tenho medo de morrer. É ruim saber que daqui para a frente só vai piorar, não há escapatória, não há para onde fugir. Só me resta esperar a morte vir me buscar.

Acho que chegou a hora, ninguém está falando comigo. Todos estão indiferentes. Eles sabem de algo, mas não querem me contar. Sinto medo. O tempo voou, eu nem percebi que já era o momento em que tudo terminaria. Vieram até mim e fui levado para um lugar isolado. Não me disseram nada até chegarmos ao local. Estavam todos armados. Senti minha boca secar, a garganta começou a doer e suei frio ao ser vendado. Implorei pela minha vida e, antes de levar o tiro, escutei:

— Sua mulher também implorou enquanto você a esfaqueava!

MASTIGUE ANTES DE ENGOLIR

Usando a inteligência, consegui fazer minha empresa de alimentos chegar a uma alta taxa de lucros. Hoje ganho mais do que posso gastar, mas quero alcançar um valor absoluto que ninguém no mundo seja capaz de calcular. Meus funcionários trabalham duro e recebem apenas o necessário para sobreviver. Tive a brilhante ideia de abrir meu negócio em cidades onde o desemprego está em uma escala devastadora, de modo que eles trabalham sem poder reclamar muito.

Estou sempre visitando minhas fábricas e sou tratado como rei. Vez ou outra, gosto de demitir alguém. Escolho o mais pobre e o mando embora. Amo quando choram e imploram pelo trabalho. Eu praticamente mato todos de trabalhar sem dar quase nada em troca e ainda os faço implorar por isso.

Acho meus alimentos os melhores. Consumo todos os dias. Para falar a verdade, por causa disso não existem nas lojas roupas que me sirvam. Mas tenho um alfaiate que cuida de tudo. Ele vive tendo que mudar o tamanho das roupas, pois continuo engordando muito. Sinto vergonha de ter este corpo. Confesso que se em minhas empresas vejo alguém muito magro demito na hora. Essas pessoas me fazem desejar o que não posso ter.

Não sou casado e provavelmente não me casarei. Mas sempre que possível me alivio com mulheres da noite. É meu passatempo preferido. Tomo o cuidado de escolher as mais rechonchudas. Fico muito em casa e apenas saio para ir a alguma fábrica. Tudo por causa do meu tamanho. Admito que não tenho a mínima vontade.

Recentemente um funcionário descobriu um dos segredos do meu sucesso. Fiquei aterrorizado, não poderia deixá-lo espalhar algo assim, iria me arruinar. Me passou pela cabeça suborná-lo, mas me enoja ter que gastar dinheiro só para tapar a boca de um verme que vive apenas para me enriquecer. Chamei-o em particular em meu escritório, assim como sempre fiz com a maioria dos funcionários que demito e das mulheres que pago para me proporcionar prazer. Agora já estava tudo resolvido: meu segredo será lacrado no estômago de todos aqueles que consumirem minha comida.

OLHE DENTRO DO GUARDA-ROUPA

Minha filha não consegue dormir direito. Tudo começou há uns meses, quando fui lhe dar um beijo de boa noite. Ela me disse que tinha uma garotinha dentro de seu guarda-roupa. Aquilo me gelou a espinha na hora. Já fui criança e sei o quanto é ruim quando nossos pais ignoram nossos medos. Fui até o guarda-roupa e o abri devagar. Só encontrei roupas, mas fiquei tão assustado que resolvi revistar o quarto todo. Olhei atrás de cada móvel, embaixo da cama e até abri a porta para revistar o corredor que dava acesso ao quarto de minha filha.

Não havia nada. Achei muito bom conferir, melhor não arriscar. Aquilo virou rotina. Todas as noites minha filha repetia a mesma coisa. Me falava que a garota havia se escondido e que eu deveria checar o guarda-roupa, pois sem ter certeza de que a garotinha não estava lá minha filha não conseguia dormir.

Minha esposa dizia nunca ter visto nada no quarto e afirmava que a filha não tocava nesse assunto com ela. Aparentemente eu era o único que lhe passava confiança em horas de possíveis perigos.

Hoje de manhã minha filha disse que sonhou com a garotinha novamente, mas dessa vez havia olhos amarelos debaixo da cama. Essa história estava me aterrorizando, porém não deixei transparecer. À noite, quando entrei no quarto dela, não a encontrei na cama. Ouvi um choro vindo do guarda-roupa. Eu o abri e lá estava ela, assustada, apontando. Segui seu dedo e vi dois olhos amarelos nos observando debaixo de sua cama.

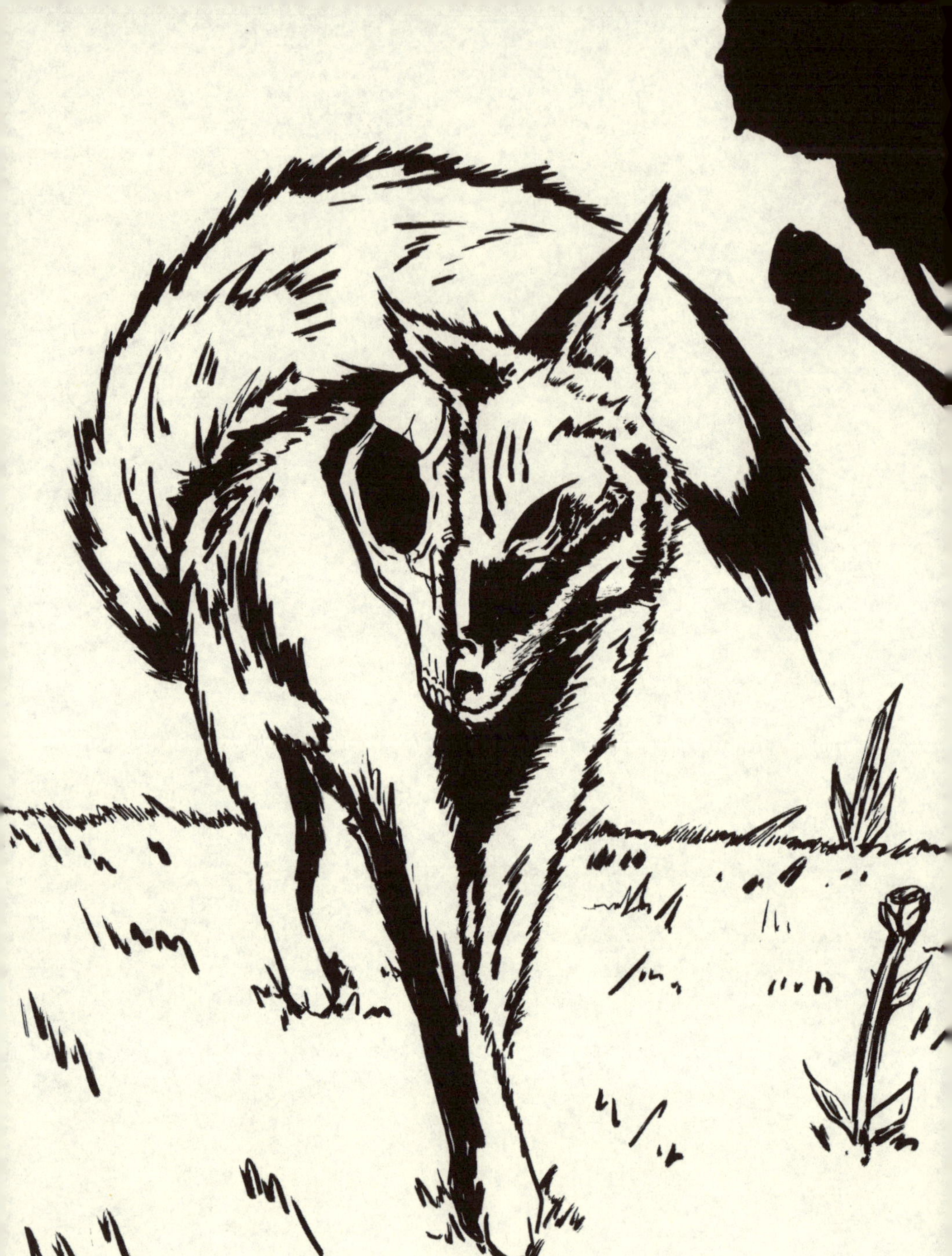

COLEÇÃO

Comprei um terreno longe da civilização. Era enorme. Ali construí minha casa, vivi como sempre sonhei, podendo respirar ar puro diariamente sem precisar sair de casa. Uma verdadeira maravilha. Mas não consegui fugir de algo que a vida inteira detestei: os vizinhos. Moravam em uma cabana próxima da minha casa. Faziam festas todo fim de semana. Pessoas entravam e saíam da casa de madeira o tempo todo. Sei disso porque sempre passo perto dela quando faço minhas caminhadas matinais.

Gosto de colecionar coisas. Botões são minha paixão, tenho uma variedade enorme de tipos, cores e tamanhos. Certa época colecionei borboletas, mas desisti da ideia. Tudo que é bonito e traz cor ao mundo, fazendo-o ser um lugar melhor, deve permanecer livre e dar vida à natureza. Poder estar longe de tudo me ajudou a ver como o mundo pode ser lindo, mas meus vizinhos vivem perturbando a paz pela qual tanto ansiei. Como pode alguém viver da forma como eles vivem estando em um ambiente tão lindo? Não faço ideia!

Recentemente ouvi um barulho. Era noite. Peguei um bastão e saí para ver. Pensei no que poderia ser, mas eu não podia sair dali. Estava escuro e seria perigoso andar na mata. Então voltei para dentro e tentei dormir, mas, como imaginei, não consegui.

Meu vizinho é ruivo, e destaco esse detalhe porque aparentemente ele tem orgulho disso. Os olhos verdes também são bonitos, mas ele não se importa; fala apenas de seus cabelos. Por fim fui convidado para uma das festas. Digo por fim porque era de esperar que, sendo meus vizinhos, eles me chamariam – ficaria subentendido que não gostam de mim se nunca o fizessem.

Tentei aproveitar a ocasião e conheci melhor meu colega de floresta. Ele não é casado, não tem filhos e todos que aparecem ali são convidados por serem importantes na cidade grande, ou seja, eu sou importante. Não fiquei surpreso quando começaram a usar drogas, mas saí dali quando as orgias sexuais tiveram início. Era impensável morar perto de alguém que fazia todo aquele tipo de coisa. Como eu viveria e colecionaria em paz?

Frustração é uma palavra adequada para descrever o mínimo que estou sentindo. Paguei uma fortuna para acabar assim, com um idiota que se denomina "a raposa vermelha" atormentando-me dia sim, dia não. Recebi tantos convites para ir a outra de suas malditas festas que acabei aceitando. Tentei evitar ao máximo, mas ele insistiu de várias formas e em horários inapropriados, provavelmente por estar drogado.

O que mais posso dizer? A humanidade merece um pouco de paz, uma pequena separação entre o joio e o trigo, a maior coleção que alguém poderá ter. Serei dono dela e ninguém nunca saberá. Meu vizinho substituiu o ruivo que conseguiu fugir e, quem diria, raposas vermelhas fazem muito barulho quando descobrem que nunca mais poderão comer.

IGNORÂNCIA É UMA BÊNÇÃO

É impossível não amar meu emprego: atirar em alguém e assisti-lo morrer de forma agonizante faz valer meu dia. Sou o que chamam de matador de aluguel, mas, diferentemente dos outros, trabalho para uma única empresa. Faz mais de quarenta anos que mato para viver. Minha família pensa que sou algum tipo de empresário que vive viajando. Com o que ganho guardei o suficiente e consegui garantir para todos os meus netos e seus futuros filhos uma vida sem trabalho e de puro conforto.

Minha carreira como assassino profissional começou cedo. Não sei ao certo se na empresa para a qual trabalho existem outros que fazem o mesmo que eu, mas provavelmente sim. É algo lindo e reconfortante tirar dos outros a única coisa que apenas ganha valor quando se está prestes a perder.

Meus patrões atacam pessoas que podem prejudicá-los de alguma forma. Funciona assim: primeiro mandam uma linda foto de toda a família do alvo amarrada em um poste com um cara mascarado segurando uma faca na mão. A foto vai em um envelope acompanhado por uma carta na qual há detalhes do que o alvo deve fazer para garantir que sua família sobreviva. O mais interessante disso tudo é que o alvo não sabe que sua família já está morta. A empresa é rígida – logo após o alvo fazer o que determina a carta, eu devo entrar em ação. Sempre sou muito bem notificado, detalham minuciosamente os motivos de o alvo ter de morrer. Eles acham que se eu não souber corro o risco de sentir pena e não fazer o serviço. Mas como amo o que faço nunca leio os detalhes e os motivos. Apenas elimino aquele que deve morrer.

Acho perfeita a ideia de executar todos os que são próximos do alvo. Para ser sincero, queria poder participar da matança completa. Mas acho que seria um tanto demais. Devo deixar de ser egoísta e dividir esse prazer com meus colegas de trabalho.

Em uma das minhas viagens encontrei um dos meus patrões. Ele era sério e quase nunca sorria. O nosso encontro foi por acaso. Na verdade, só fiquei sabendo quem era porque ele próprio já me conhecia. Convidou-me para uma festa e lá me contou muitas coisas interessantes sobre os alvos. Descobri também que era ele quem escrevia os detalhes e os motivos pelos quais as pessoas deveriam morrer.

Ele estava bêbado e me ofereci para deixá-lo em casa. Saí de lá com um novo amigo que partilhava dos mesmos interesses que eu.

Dizem que a ignorância é uma bênção. Eu nunca acreditei nisso. Minha vida não me permitia acreditar. No entanto, após receber uma carta dizendo que eu deveria me matar, comecei a entender que conhecer mais a fundo meu patrão não havia sido uma boa ideia. Morrer não era um problema comparado ao fato de eu receber, com a carta, uma foto de toda a minha família amarrada a um poste. No verso da foto, os dizeres martelavam minha cabeça com a vontade de nunca ter aprendido a ler: "Tire sua própria vida e sua linda família irá sobreviver".

ARRUME-SE, POR FAVOR!

Meu namorado anda meio desleixado. Parece nunca estar bem-arrumado. Seus cabelos, na maioria das vezes, estão bagunçados. Ultimamente temos saído bastante. Ele me leva a festas onde rola muita bebida. Nunca entendi seu gosto por vinho barato, mas eu preferia outros tipos de drinques. Meus pais tentaram me impedir de vê-lo, por isso fugimos à noite, quando ninguém estava acordado. Tínhamos pouco dinheiro, mas nosso plano era viajar para outra cidade e lá arranjar algum emprego.

Conseguimos nos estabelecer muito bem na nova cidade. Meu namorado conhecia um homem que nos ajudou. Conseguiu um emprego de segurança para ele, e para mim uma vaga em uma loja de roupas. Passamos pouco tempo juntos, pois o expediente de trabalho de segurança do meu namorado acaba de madrugada, e o meu começa no início da manhã. Então, quando estamos em casa ele está sempre dormindo. Ganhamos muito bem hoje em dia. No início foi duro, mas agora nossa renda está bem elevada.

Meu namorado chegou de noite e me deu um susto enorme. Falou que meus pais conseguiram nos localizar. Por conta disso mudamos de casa, mas não víamos necessidade de sair da cidade, até porque meus pais pensariam justamente que saímos de lá. Então nessa cidade eles não nos procurariam mais. Nossa nova casa precisava de algumas reformas. Ela era bonita, mas meio macabra. No início fiquei com medo, mas acabei me acostumando.

Briguei com meu namorado várias vezes por causa do modo como ele saía de casa. Não se arrumava direito e era ruim ir às festas à noite, nas suas folgas, pois todos reparavam em seu modo de se vestir. Cheguei ao ponto de eu mesma tentar mantê-lo arrumado, não conseguiria mais andar ao seu lado se não fosse assim.

Venho me sentindo meio enjoada. Fiquei com medo de estar grávida. Às vezes acordo com tontura e dores no corpo. Então fui ao médico saber o que estava acontecendo, e descobri que era apenas fraqueza. Ele me receitou um remédio e voltei para casa.

Hoje é meu aniversário. Meu namorado me fez uma festa surpresa. Nossos amigos vieram e, juntos, nos divertimos até de madrugada. Quando todos foram embora, meu namorado se desculpou por estar desarrumado novamente. Seus cabelos estavam horrorosos. Rindo, peguei meu pequeno espelho para lhe mostrar o horror de seus cabelos. O espelho escapou de minhas mãos, os cacos voaram ao atingir o chão. Não sei se havia motivo para pânico, mas queria muito entender por que eu aparecia no espelho e ele não.

AMIGO SECRETO

Meu colega está sempre dentro do porão. Faz muito barulho quando está sozinho. Não tenho tanta certeza, mas acho que ele tem mais de quarenta anos. Há dois anos que moramos na mesma casa. Ele sempre está lá embaixo fazendo algo que não sei o que é.

Nunca levo pessoas à minha casa justamente por causa de meu colega. Não que eu o odeie, acho que já me acostumei com seu jeito estranho de agir. Todo mundo tem direito a escolher seu próprio estilo de vida. Mas duvido muito que os outros irão pensar da mesma forma que eu.

Minha namorada insistia ir até minha casa. Tentei evitar isso por um longo tempo. Ela já estava achando que eu não a amava de verdade. Então não tive escolha, acabei a levando. Frank hoje estava fazendo pouco barulho, mas Natalia o ouviu e me perguntou o que ele fazia lá embaixo. Eu nunca soube realmente, então lhe disse para o ignorarmos.

Muita gente dizia que não era normal alguém passar tanto tempo dentro de um porão. Sempre me perguntavam se eu não tinha curiosidade de saber o que ele fazia ali. Eu sempre quis saber, mas preferi não o incomodar. Ele pode fazer o que quiser, afinal eu também sou livre para fazer minhas próprias escolhas.

Dizem que a curiosidade matou o gato. Bom, eu ainda estou vivo. Não aguentei e acabei descendo até o porão. Queria muito saber o que Frank fazia lá embaixo. Tudo estava bagunçado. Olhei em cada canto, mas não vi nada fora do comum. Frank não estava ali, então era uma boa hora para investigar. Olhei onde não havia tanta poeira. Notei uma mesa pequena de madeira. Ela estava toda riscada, acho que foi Frank quem fez isso com ela.

Meus amigos vivem me falando para eu me mudar. Dizem que morar com alguém tão estranho poderia ser perigoso. Mas já fazia tanto tempo que eu estava ali que não me importava mais. É claro que ninguém sabe de um detalhe, e se soubessem não sei como reagiriam. Frank passa seus dias riscando uma mesa velha, e acredito que faça isso porque, quando ainda estava vivo, gostava de marcar crianças com suas enormes unhas.

BELOS SAPATOS

Todos o conheciam como o Retalhador. Era um nome idiota, mas fazia sucesso e, por isso, acabei dando destaque a ele. Sou jornalista, gosto de notícias que levam as pessoas a implorar por mais e mais. E sou aficionado por serial killers. Devo confessar que é difícil explorar o assunto a fundo, pois é muito arriscado. Esse tipo de pessoa segue um padrão, suas vítimas são sempre escolhidas a dedo, mas se alguém entrar no caminho dela provavelmente também correrá um grande perigo.

O Retalhador era fascinante. Assim como os outros, ele também gostava de pegar uma lembrancinha de suas vítimas. Sapatos, nunca o par, apenas um deles sumia. A população estava muito assustada. Os policiais ainda não tinham descoberto seu padrão, não sabiam ao certo o perfil das vítimas que ele perseguia. Fiz várias pesquisas sobre o assunto, para entender melhor como age esse tipo de maníaco. Publiquei um material bem detalhado a respeito, que fez um enorme sucesso e vendeu bastante.

Homens e mulheres eram vítimas desse lunático, parecia mesmo não existir um padrão específico. Mas pelo que pesquisei realmente deveria haver um, afinal de contas todo o resto sobre ser um serial killer se encaixava. Minha vida era sempre agitada, eu não tinha tempo para nada, mas recentemente conheci uma mulher que acabou mudando isso. Seu nome era Amanda, ela fazia eu me sentir mais vivo. Era incrível! Nunca havia conhecido alguém que mexesse tanto comigo.

Era de esperar que Amanda não quisesse que eu continuasse a perseguir o Retalhador. De fato, correr atrás de um psicopata não era uma ideia muito inteligente, entretanto meu trabalho não poderia parar. Ela fez minha rotina mudar. Às vezes me pedia para escolher entre ela e o assassino. Era idiotice, mas eu sempre a escolhia. Estava apaixonado.

Ontem os jornais estavam alucinados. Três pessoas haviam sido vítimas do maníaco. Os corpos foram encontrados em uma casa abandonada. A cena era nojenta. Eles foram desmembrados, o padrão continuava. Tirei várias fotos. Amanda vomitou ao olhá-las. Imaginei que isso poderia acontecer, pois ela era fraca para essas coisas, não podia ver sangue.

Fui jantar na casa de Amanda. Ela havia feito meu prato favorito. Sabia como me agradar. Em sua casa acabamos tendo nossa primeira noite juntos. Foi intenso como tinha que ser. Ela estava tomando banho quando reparei em uma porta em seu quarto, a abri e encontrei uma grande variedade de sapatos, quem diria. Não pude controlar o nervosismo. Medo era algo que eu não costumava sentir, contudo, naquele instante, foi inevitável.

Saí de sua casa o mais rápido possível. Eu precisaria me encontrar com Amanda novamente, deveria lhe explicar meus motivos. Mas depois seria o fim. Não seria certo continuar com ela. Eu já havia lhe roubado um de seus sapatos. Agora sua morte seria o próximo passo.

INGRATIDÃO

Sou cuidadora de idosos. Fui direcionada a uma velhinha muito simpática que me chamava de filha. Não podia fazer nada sozinha, eu tinha que ajudá-la a se levantar da cama e, para onde ela precisasse ir, eu deveria levá-la – não importava o cômodo da casa, ela não andava sozinha. Conheci seu filho uns dias atrás. Era bem magro, fedia a cigarro e imagino que também se drogava e que não gostava da mãe. Ele me disse que não suportava ficar perto dela e só não saía dali por não ter mais para onde ir.

Nunca conheci alguém tão ingrato. Esse rapaz tinha sorte de ser filho de uma pessoa tão bacana quanto aquela senhora. Todos os idosos têm algum problema, mas o que às vezes esquecemos é que todas as pessoas estão destinadas à velhice.

Eu acordava bem cedo e fazia o café para a minha amiga. Tomava todos os cuidados do mundo para mantê-la sempre alegre. O filho não ficava em casa, mas voltava à noite apenas para dormir. Quase nunca eu o encontrava, mas quando o via fazia de tudo para ignorá-lo.

Era tempo de frio, e pessoas idosas devem estar constantemente bem agasalhadas. Eu mantinha tudo fechado, corrente de ar era um perigo, gripes precisavam ser evitadas a todo custo. O filho daquela senhora sempre cheirava a cigarro, e provavelmente tentava disfarçar ao máximo. A janela da sala estava o tempo todo aberta, e ele negava fumar lá dentro, mas eu sabia que provavelmente era mentira.

Morar com a senhora era bem agradável. Ela contava histórias muito engraçadas dos seus tempos de juventude. Sempre gostei desse senso de humor em pessoas mais velhas. Poder rir um dia das coisas ruins que nos aconteceram costuma ser um sonho, e ela o havia realizado. Eu não poderia ter arranjado companhia melhor na vida. Era gostoso estar com ela, queria que seu filho pensasse da mesma forma.

Existia uma coisa que me incomodava à noite, um barulho estranho, não sei bem o que era. Todas as noites eu escutava. Parecia vir da sala. Era de esperar que fosse o filho ingrato, pois ela mesma não poderia fazer isso sozinha, nem se levantar sem ajuda ela conseguia.

Todas as manhãs eu tinha que limpar a cozinha, pois o garoto deixava tudo bagunçado. Comia muitas coisas que eu comprava especialmente para sua mãe. Nunca lavou um prato sequer.

Hoje fui ao mercado fazer as compras. A lista basicamente era a mesma, mas algumas coisas mudavam vez ou outra, então eu me mantinha atualizada. Não sabia o que minha amiga iria querer comer. Resolvi lhe telefonar e perguntar. Ela não queria nada de especial, apenas o de sempre. Perguntou-me por que eu não ia até seu quarto, falou que seria mais simples do que fazer uma ligação. Disse ter me chamado várias vezes sem ouvir resposta. Então expliquei que já estava no mercado e provavelmente seu filho não havia saído, mas ela me garantiu que nunca teve filho e que sempre morou sozinha.

FAÇA MAIS UM DESEJO

Sempre detestei leitura. Nem de longe era algo de que eu poderia gostar um dia. Mas minha filha adora e acabou me arrastando para uma pequena livraria onde se vendiam livros "raros". O problema, em minha opinião, era o fato de serem livros velhos. Eles tinham mais poeira do que as próprias paredes do lugar. Aquele ambiente era malcuidado demais, mas minha doce pequena queria muito comprar um livro.

Ela escolheu alguns volumes de poesia. Eu, por outro lado, fiquei andando entre as estantes até que me deparei com algo estranho. Não que fosse possível piorar as condições dos livros, mas aquela obra específica chamou minha atenção: estava muito bem cuidada.

Separado dos demais, na parte superior de uma estante quase vazia, estava um livro todo limpo intitulado *Apenas mais um*. Peguei-o para ver. Percebi que o vendedor cuidava muito bem dele, até as páginas estavam brancas demais se comparadas às dos outros livros.

Folheei algumas páginas. Notei que continha uma breve história sobre uma garotinha. Ela amava ler, mas era sozinha no mundo. Tinha uma mesinha cheia de livros e passava os dias muito feliz, lendo e comendo suas frutas preferidas de uma única árvore. Confesso que achei bizarro, mas o estranho mesmo não era a história, e sim os rabiscos. No livro inteiro, em quase todas as páginas havia inscrições feitas à caneta ou a lápis. "Quero um milhão de reais", "Quero uma namorada bonita", "Quero um carro veloz e caro", "Quero ser linda e desejada por todos", e por aí vai. Pedidos, vários deles, e acabei me interessando pelo livro.

O vendedor era um velho cabisbaixo que parecia não ser tão certo das ideias. Embrulhou os livros. Ao me entregar a sacola, disse que aceitava devoluções, mas que o dinheiro pago não seria ressarcido. Velhos são sempre assim, pensam apenas em si.

Chegamos em casa o mais rápido possível. Peguei um copo bem grande com café e me afastei de todos. Queria muito entender o que eram todos aqueles rabiscos. As letras não eram da mesma pessoa. Acreditei que várias delas haviam lido aquele livro. Obrigatoriamente fiz meu pequeno teste: "Quero ter em minha conta bancária mais dinheiro do que posso gastar". Em seguida, fui checar pelo celular quanto havia em minha conta. O valor era tão alto que não consegui sequer pronunciar. Mas em seguida meu telefone tocou. Era meu pai aos prantos. Minha mãe havia falecido. Foi um choque tremendo, mas, considerando tudo, foi algo até simples de superar.

"Quero muitas mulheres em minha vida, e quero que minha própria mulher não se importe com isso", escrevi, e tive tanto sexo quanto eu podia fazer, e com várias mulheres diferentes. O único inconveniente é meu pai ter falecido. Então entendi que, para pedir algo, alguém importante para mim teria que morrer. O mais interessante é que isso não parecia importar. Um dia, todos iriam embora, então o que eu deveria fazer era continuar aproveitando minha nova vida, não importava se teria de matar todos deste maldito planeta, qualquer um faria o mesmo.

Perdi a maioria dos meus parentes distantes. Perdi meus animais, minha mulher e ela morreu apenas para que eu pudesse comer o chocolate mais saboroso de todos os tempos. Confesso que fiquei com pena de minha filha, ela havia perdido todos em tão pouco tempo, porém eu quis saber qual era a cura para o câncer e por isso ela também teve que morrer. Todos se foram, amigos, parentes.

Tive uma ideia, nem sei como não havia pensado nela antes: "Quero que todos que eu amo voltem à vida e que pareça natural a todos". A dor foi intensa. Meus olhos saltaram para fora, minha boca espumou e meu grito foi apenas um gemido por falta de força. Caí duro no chão igual a uma pedra. Acordei no hospital, eu havia tido um ataque cardíaco. Percebi que, assim como a garotinha do livro, no fundo não amo mais nada além de mim mesmo.

HOJE EM DIA

Seus lábios se moviam de maneira engraçada quando estava pensando. Eu a conheci na internet. Depois que aprendi a navegar, pude marcar vários encontros com garotas de todos os lugares. Essa, em especial, vestia-se de forma elegante, suas roupas não pareciam ser caras, mas ainda assim eram de muito bom gosto. Era a garota perfeita.

O bar estava vazio. Ela entrou e ficou sentada sozinha me esperando chegar. Quando apareci, sentei-me ao seu lado e percebi que era daquelas pessoas que amam ficar de olho no celular – mas acho que hoje em dia todos são assim, as redes sociais são sempre irresistíveis mesmo durante um encontro, o que acho bem estranho. Notei que ela não olhava para os lados, apenas para o celular. É inacreditável como essa geração se rendeu a isso.

A garota gostava de suco. Tomou todo o líquido de um só gole. Não parecia ser o tipo que se envergonha de fazer essas coisas com outros a olhando. Aposto que come repetidas vezes sem medo de ser feliz. Era perfeita por ser autêntica. Não escondia dos outros suas paixões, mas o que mais me encantou foi seu cheiro.

Talvez no mundo existam pessoas que gostem de sentir o cheiro dos outros. Não posso evitar minhas sensações. Era bom demais estar perto dela, não poderia sair dali sem antes ter a certeza de que era a garota certa para mim. Estava claro que seu cheiro havia me cativado o suficiente, era ela e ninguém mais.

Finalmente largou o celular e voltou os olhos para mim. Pude vê-la pensando e observei como seus lábios dançavam enquanto sua mente vagava pelos mais profundos pensamentos, que, na maioria das vezes, esquecemos em seguida. Ela sorriu, era um bom sinal. Queria dizer que não se decepcionava fácil, nenhuma outra durou tanto tempo sem expressar ódio e pronunciar vários palavrões.

Foram os trinta minutos mais longos que alguém poderia esperar. Ela se levantou e por fim foi em direção à porta. Eu sabia que iria para casa. Então, sorrindo, a segui. Seu cheiro me alimentaria por anos e aposto que nunca me notaria, pois minha maior vantagem era estar morto há décadas.

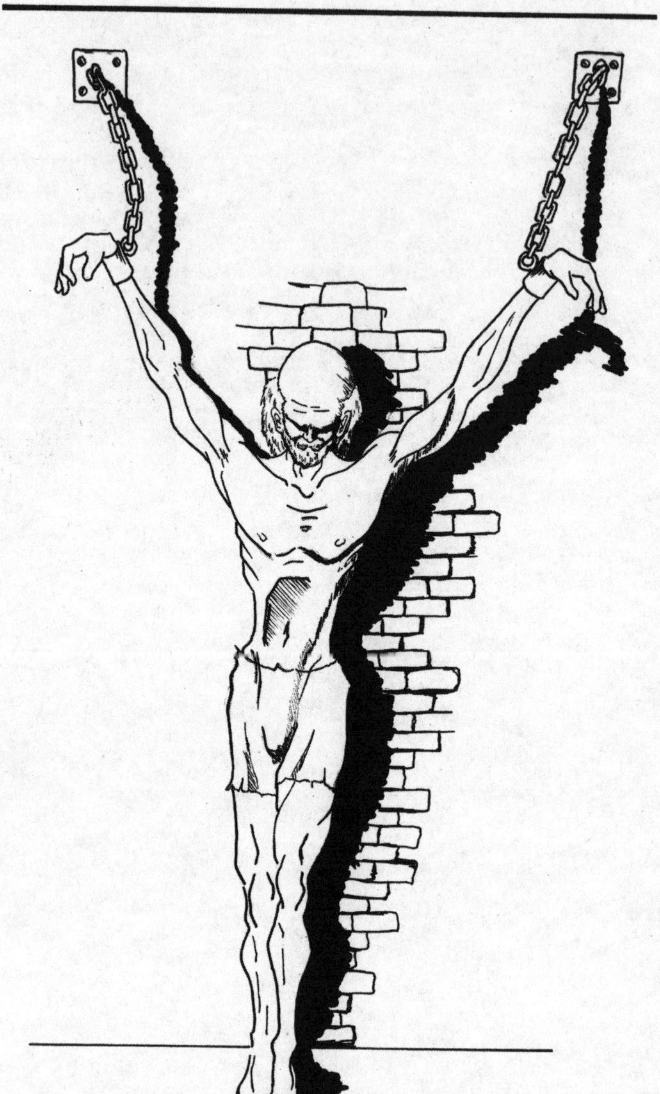

É SEMPRE DOCE

Não sei que dia é hoje. Nem o ano consigo saber. Faz muito tempo que não vejo a luz do sol. Acredito que faça mais de trinta anos que estou aqui – já tenho cabelos brancos. Não posso chamar isto de jaula, hoje é minha casa. Acho que ninguém nunca pensa ser possível se acostumar com esse tipo de vida. Mas eu me acostumei. Nunca mais pude tomar um banho decente – o que em geral acontece é um jato enorme de água vindo em minha direção. Consigo me limpar, e sou grato por ter no mínimo isso.

Nunca matei ninguém, nunca roubei, nunca sequer enganei uma pessoa. Não entendo o motivo de estar aqui, é um quarto apertado, com uma cama nojenta e um vaso sanitário totalmente podre. Vivo assim. Por ter me acostumado, já chamo tudo isso de lar. Minha comida varia um pouco. No início tive medo de ser obrigado a comer a mesma coisa para sempre, o que com certeza me enjoaria, mas felizmente pude comer algo diferente quase todos os dias.

É bizarro, mas me habituei às horas de chicotadas. São intensas, no entanto pude aturar por todos esses anos. São sempre antes de dormir, e acredito que durmo até melhor depois delas. Às vezes choro, não pela dor ou pela vida que levo, mas pela saudade. Lembro muito pouco da minha mãe e dos meus irmãos. Lembro que éramos felizes. Acho que eles tiveram um futuro bom. Só espero que não tenham sofrido tanto com minha ausência.

Fui aprisionado quando tinha vinte e dois anos. Sempre fui muito quieto, na minha, tinha poucos amigos, mas era uma vida boa. Nunca beijei uma garota, e digo isso porque acho que, agora, até algo simples assim será apenas um sonho para mim. Nunca me casarei ou terei filhos. Nunca poderei amar alguém outra vez.

Não consigo ver seu rosto, ele apenas entra e deixa a comida para mim. Sempre agradeço, dou bom dia, mesmo não sabendo se é dia, mas quero ser educado. É loucura, mas ele é tudo o que me resta. Faz anos que meu ódio por ele passou. Agora o considero um amigo. Nunca fala nada. Apenas faz o que tem que fazer e sai. Acredito que é melhor assim. Seria estranho conversar com alguém que lhe mantém prisioneiro por anos.

Acordei com um barulho. Era ele. Pude ouvir seus passos se aproximando de mim. Provavelmente estava na hora das chicotadas.

Levantei-me e ajeitei as costas, porém não foi um chicote que senti. Uma lâmina passou pelo meu ombro, de novo e de novo. O alvo era meu pescoço. Corri para o canto, implorei para parar. A faca dançava no ar, minhas mãos estavam banhadas em sangue por entrarem na frente. Recebi um golpe profundo no peito e caí aos prantos no chão. Ele jogou uma luz em seu rosto e sorrindo me disse que já havia perdido a graça. Então percebi que era uma mulher.

A faca cortou meu pescoço e, enquanto ela dava risada e me chutava, meus olhos se reviravam e o arrependimento batia. Nunca beijei uma garota, mas talvez eu devesse ter pensado melhor antes de abusar da garotinha que se tornaria a mulher mais vingativa do mundo.

O PRAZER DE SER MÁ

Eles me olhavam como se eu fosse uma rainha, alguém que mereceria toda a glória pelo simples fato de ser a melhor dançarina do mundo. Ser aplaudida de pé todas as noites durante cinco longos minutos era algo comum para mim. Eu sorria e eles glorificavam minha existência na Terra. Eu não era tudo o que eles pensavam, mas como não amar ser tratada dessa forma?

Recebia propostas de homens todos os dias, imploravam por uma noite comigo. Era agradável dizer não e ver a decepção em seus olhos. Ofertas de dinheiro eram comuns na minha vida. Nunca precisei aceitar nenhuma. Ganhava o suficiente para esfregar na cara de todos que não tinham nada. Fazia parte da minha diversão poder esnobar aqueles que lutavam para não morrer de fome, enquanto minha maior preocupação era se eu devia ou não abrir meus vinhos mais caros. Afinal, todos os dias eram momentos para celebrar!

Eu dançava nos melhores teatros do Brasil. Eles suplicavam minha presença, pagavam muito bem pela oportunidade de me verem dançar ao vivo. Minhas noites eram todas reservadas às danças, mas minhas manhãs eram as melhores possíveis. É nessas horas que os coletores de migalhas estão nas ruas implorando por centavos e por uma oportunidade de viver mais um dia. Confesso que já ajudei mendigos, mas é bem divertido vê-los implorar primeiro. Lutei para ter tudo, o mínimo que eu merecia era um pouco de diversão.

Jogar dinheiro fora era emocionante. Obviamente, pelo fato de eu ser dona de uma fortuna, era incrível poder gastar tanto e ainda ter o suficiente para viver muito bem a vida toda. Às vezes chegava a ser chato, parecia que eu tinha atingido o nível máximo de felicidade, por isso olhar os miseráveis e rir da cara deles funcionou para mim. Assim eu não me entediava tanto.

Depois de meu último espetáculo, fizeram-me uma proposta de um evento de caridade. Eu faria uma doação e eles divulgariam meu trabalho em vários locais do Brasil onde eu ainda não havia me apresentado. Descobri que vários artistas faziam doações e não aceitavam a tal divulgação. Davam dinheiro apenas para ajudar mesmo. Confesso que ri ao ver a cara de decepção da mulher quando recusei a proposta.

Ser bom para quê? A vida é linda quando se tem tudo. Poder negar ajuda só proporcionará ainda mais prazer. Esse é o melhor que senti até então. Danço todos os dias para várias pessoas. Elas me olham com desprezo. Se paro de dançar meu corpo arde em chamas, e se continuo dançando bolhas estouram sob meus pés. Pessoas ruins não se arrependem, mesmo porque não vai mudar nada. Sorrio e me lembro daqueles que sofreram em minhas mãos. Maldito seja o dia em que morri. Agora a doce lembrança do mal que fiz é meu único refúgio para aguentar o sofrimento perpétuo no inferno.

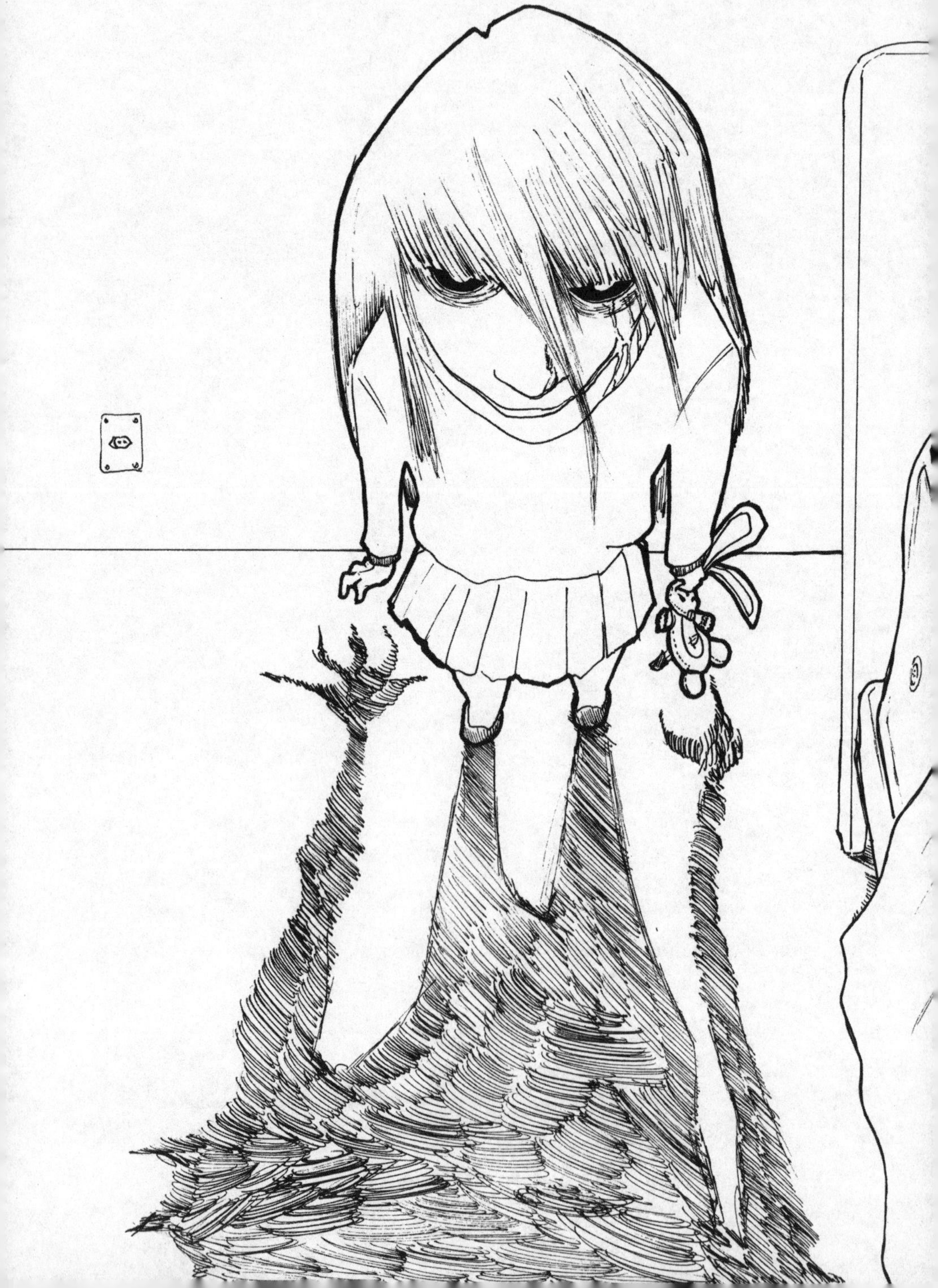

AMOR DE MÃE

Tive minha primeira experiência sobrenatural quando minha filha foi possuída por uma entidade maligna. Foram dias de sofrimento. Os melhores pastores da cidade vieram orar por ela. Os vizinhos vinham aos montes só para ver o estado de minha filha, mas eu sabia que não se preocupavam com ela, estavam apenas curiosos.

Parecia que não existia mais saída. Minha pequena estava cada vez pior. Dia após dia eu implorava que trouxessem outros pastores, contudo nenhum deles conseguia de fato livrar minha filha daquele terrível mal. Era realmente incrível a incompetência deles, diziam não saber mais o que fazer. Era evidente que eu devia procurar outras formas de tirar minha filha daquele sofrimento.

Havia uma igreja, onde a levei para uma última tentativa. Eu estava pronta para matar minha pobre pequena caso não funcionasse. Não aguentaria continuar vendo-a naquele estado. Foram vários dias, vários pastores, mas finalmente funcionou. Pude ver novamente o sorriso no rosto dela. Eu tinha lhe dito que iria realizar seu grande sonho de morar em uma casa de campo. Vi seus olhos se encherem de lágrimas de alegria. Então saímos daquela cidade e a levei para uma linda casa onde nada poderia nos incomodar.

Sou divorciada e meu ex-marido não se importa conosco, então nem perdi meu tempo lhe dizendo onde iríamos viver. Minha filha estava feliz, chegou à nova casa e correu para perto das grandes árvores que rodeavam o lugar. Quando a noite caiu, coloquei-a em sua cama para dormir e saí para meu quarto.

Foram necessárias cinco facadas na barriga até o maldito demônio se revelar para mim. Dei risada do desgraçado enquanto ele morria de forma agonizante. Perderia minha filha, mas ela iria para um lugar melhor. Aposto que essa coisa nunca suspeitou de nada: uma mãe sabe e se lembra dos verdadeiros sonhos de sua filha, e morar isolada em uma floresta nunca foi um deles.

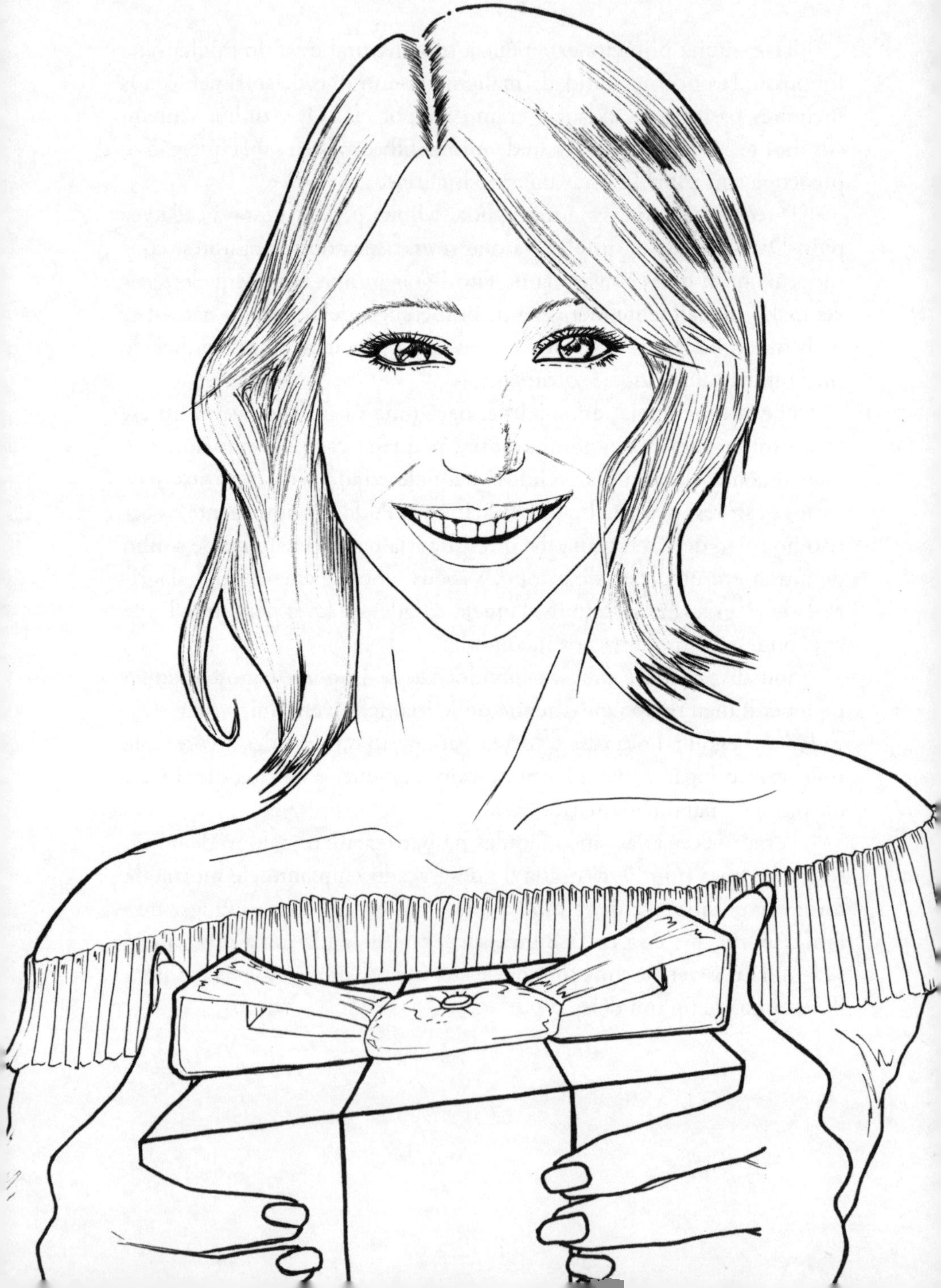

AMIGOS ATÉ DEMAIS

Amizades verdadeiras são raras hoje em dia. É o tipo de coisa que só encontramos em uma única pessoa. Dificilmente alguém terá dois melhores amigos, e comigo não foi diferente.

Conheci Jessica quando éramos crianças. Hoje somos inseparáveis. Acredito que nossa amizade decolou quando estudamos juntos na mesma sala de aula. Fazíamos bagunças e travessuras juntos. Jessica mudou bastante. Na infância era gordinha e, por conta disso, os garotos mexiam com ela. Cansei de socar a cara deles, não podia permitir que fizessem mal à minha amiga. Eu era um cara muito calmo, mas quando se tratava de Jessica eu virava uma fera.

Estou com vinte anos e nunca namorei na vida. Nessa idade, quase todos já beijaram, menos eu.

Hoje Jessica está magra, é ruiva e muito linda. Com o passar dos anos, eu engordei, por isso acredito que nenhuma garota olhe para mim. Jessica e eu compartilhávamos tudo, segredos não existiam entre nós. Desde pequeno fui apaixonado por Julia, e Jessica vivia me dando forças para eu me declarar para ela. O tempo não foi bom para mim, e a cada ano que passava Julia se tornava um sonho mais distante.

Jessica e eu sempre passávamos o Natal em sua casa. Trocávamos presentes todos os anos. Tínhamos uma rodinha de amigos, então fazíamos um amigo-secreto. Os presentes eram obrigatoriamente baratos, mas o que valia era a diversão e a companhia de todos. Eu não me imaginava em outro lugar nesse dia. Não sou um cara triste por não ter ninguém, mas às vezes me sinto muito para baixo, e Jessica sempre está lá para mim. Percebo que hoje invertemos os papéis. Ela me defende com unhas e dentes. Ninguém se atreve a rir de mim ou fazer piadas gordofóbicas quando Jessica está presente. Gosto do fato de ela se preocupar comigo. Hoje vejo que esse tipo de amizade é bem importante, pois amigos verdadeiros sempre cuidam um do outro. O mundo é um lugar cheio de maldades. Encontrar alguém disposto a nos ajudar é muito difícil. Estou feliz por ter encontrado alguém assim.

O Natal estava próximo, e este ano decidimos fazer nosso amigo-secreto um pouco maior: daríamos uma festa e convidaríamos várias pessoas. Jessica sugeriu que Julia fosse convidada também. Entrei em pânico com a ideia, mas quando tentaram convidá-la ela já tinha outros planos em mente. Fiquei mais calmo ao saber que ela não iria comparecer. Mesmo que eu a amasse sabia perfeitamente que uma garota como ela nunca me olharia de uma forma boa. Jessica diz que sou muito mais legal do que qualquer homem já foi um dia, que eu iria encontrar alguém especial, ainda que não fosse Julia. Minha amiga costuma dizer que é Julia quem está perdendo, não eu.

Julia ligou para um amigo nosso e confirmou sua presença na festa. Senti vontade de me esconder em um buraco, pois, se eu tirasse o nome dela e tivesse que lhe comprar um presente, com certeza iria comprar algo que ela não gostaria. Parecia que o destino estava contra mim. Ao tirar o papel enquanto suava frio, Julia colocou a mão junto comigo dentro da sacola onde havia os nomes dos participantes da brincadeira. Ninguém percebeu, mas ao encostar em mim ela fez cara de nojo e limpou a mão na roupa. Senti-me um nada. A sensação foi pior quando olhei meu papel e vi o nome de Julia escrito.

No dia do amigo-secreto, todos costumam se abraçar após entregar o presente à pessoa sorteada. Fiquei apavorado imaginando como seria ruim tentar abraçar Julia sabendo que ela tinha nojo de mim. Não contei nada para Jessica. Ela ficaria furiosa e tiraria satisfação com Julia, então me mantive calado.

Fui com minha amiga a várias lojas para escolher o presente de minha amada. Foi difícil. Jessica pensou em diversas coisas que Julia poderia gostar. Finalmente achei algo que ela provavelmente adoraria: uma linda pulseira dourada com detalhes que, Jessica garantiu, fariam Julia me notar dali para a frente.

No grande dia da festa muitas pessoas faltaram. Quase ninguém levou a sério nossa brincadeira. Julia ainda havia deixado seu presente com uma amiga, mas não deu as caras para entregá-lo pessoalmente. Fiquei bem mais calmo, pois quando chegasse minha vez eu só teria que dar o presente para a amiga dela, que, por sua vez, se encarregaria de lhe entregar.

Os que permaneceram na festa haviam caprichado nos presentes. Só coisas bonitas e caras foram compradas. Jessica fez um pequeno discurso quando chegou sua vez de revelar seu sorteado.

— Um amigo especial, por quem eu daria a vida se fosse preciso. Alguém a quem amo como ninguém, e que vale muito mais do que qualquer pessoa poderia entender — declarou ela, entregando-me uma caixa enfeitada e me dando um dos melhores abraços que alguém já me dera na vida. Abri seu presente com lágrimas de emoção nos olhos, que logo desapareceram em minha cara de espanto quando vi a cabeça de Julia dentro da caixa, junto a um bilhete com os dizeres: "Agora ela é toda sua!".

PUXEI A MAMÃE

Minha cadeira balança enquanto o prazer da solidão consome minha alma. E pensar que achei mesmo que passaria minha velhice de outra maneira. Há uns dias Cristina, minha filha, foi deixada pelo marido. É um homem sensato, mas eu o odeio, pois como resultado ela veio com o filho morar comigo.

Pessoas da minha idade com frequência pensam na morte. Não a desejando, é claro, mas torcendo a cada dia para ela que se esqueça de nós. Viver sozinha não é fácil. Quando minha filha veio morar aqui, porém, percebi que a vida de fato não é simples, mas que a felicidade pode existir mesmo nas maiores dificuldades. Então seria justo dizer que não quero uma vida fácil e ruim ao mesmo tempo.

Meu neto é um garoto muito peralta, ou pelo menos é assim que minha filha o define. Sei que, na verdade, o menino é um demônio em forma de gente. Sempre detestei crianças, e agora não seria diferente. Na infância, Cristina foi uma peste; meu marido a tirou de mim quando ela tinha cinco anos. Ele já faleceu, por isso ela resolveu morar comigo.

Detesto cuidar de outras pessoas. Odeio gente tão dependente de mim. Sou velha, mas não gosto de incomodar ninguém com meus problemas nem tenho tanto dinheiro, vivo com pouco e me sinto feliz assim. Foi por dinheiro que Cristina veio até mim, mas só pude lhe oferecer a casa. O resto ficou mesmo por conta dela.

Semana passada acordei assustada. Ouvi um barulho de algo se quebrando. Corri até a cozinha, e era meu neto. Ele havia derrubado minha coleção de xícaras, todas eram mais antigas do que eu. Gritei com o garoto, que se justificou dizendo que queria apenas comer biscoitos, mas que minhas xícaras estavam em seu caminho. Ele pediu desculpas e me abraçou. Nossa, Cristina o havia treinado bem!

Outra coisa que abomino é gripe. Detesto doenças. Já bastam as minhas, não admito ter que aturar as dos outros. Cristina comprou vários remédios, mas fui obrigada a arcar com os custos. Ela estava sem dinheiro. Prometeu me reembolsar assim que arrumasse trabalho. Maldito seja o dia em que seu marido criou juízo e a abandonou.

Enquanto Cristina procurava emprego, tive que cuidar do garoto moribundo. Foi terrível como devia ser. Ele era manhoso. Agia como se o mundo girasse ao redor dele. Não aguentando mais, avisei aos dois que os queria fora da minha vida. Cristina não aceitou muito bem, mas disse que arrumaria uma casa. Então lhe dei o prazo de dois dias.

Mas a gripe é sempre cheia de surpresas. O menino piorou e foi a óbito. Minha filha mudou-se. Agora passo meus dias balançando em minha cadeira. Quem diria que ela tinha garra para esse tipo de coisa. Eu não falhei como mãe. Posso ter falhado na tentativa de matá-la quando era pequena, mas não ao ensiná-la como fazer isso de modo totalmente discreto. Afinal, um simples remédio para gripe não mata ninguém.

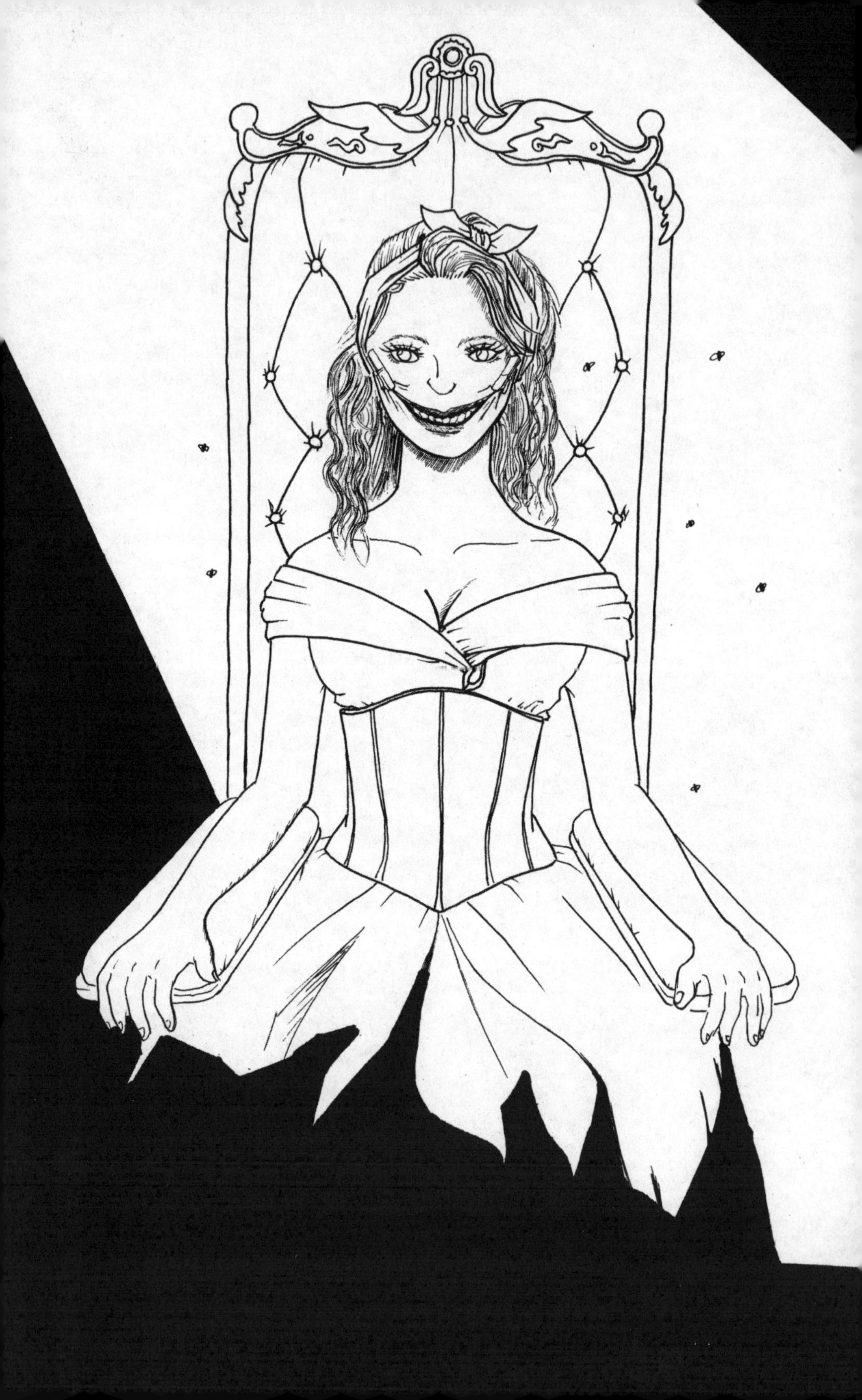

INCAPAZ DE ABANDONAR

Conheci minha esposa na faculdade. Éramos jovens quando nos casamos, na época nosso amor era tão forte que isso foi o mais certo a fazer. Com o tempo ficou parecendo que apenas eu a amava de verdade. Deixamos de sair juntos. Bom, eu ainda saía, mas ela passava todo o tempo em casa assistindo à TV. Sempre a perturbei por isso, mas não fazia por ódio, e sim por amor. Era evidente que nossa relação não seria mais a mesma.

Sempre fui um marido excelente. Nunca a abandonei em nenhuma circunstância. Passamos por muita coisa juntos. Em se tratando de doenças, não houve marido melhor do que eu, mas bastava eu pegar uma simples gripe que ela fazia um escândalo. Não era pedir muito, queria apenas que ela também cuidasse de mim.

Eu odiava chegar do trabalho e ver a casa inteira bagunçada. Não que ela fosse responsável por tudo, mas, como eu trabalhava fora, digamos que seria reconfortante encontrar as coisas organizadas ao chegar no fim do dia. Era desgastante, e em certo momento deixei de esperar que ela se importasse. Para mim, era impossível continuar como estávamos, entretanto o amor que eu sentia me fazia voltar para casa todos os dias e ficar ao seu lado.

Minha mulher havia perdido o emprego por causa das faltas excessivas. Eu a avisei que isso aconteceria, porém ela nunca me escutava. Ficava no quarto e saía apenas quando eu queria um tempo só para mim. Na maior parte desse tempo eu ficava imaginando como nossa relação havia chegado àquele ponto, pois era tudo perfeito demais para terminar assim, tão sem graça.

Acho que a única coisa de que ela ainda gosta é quando a noite chega e temos nossos momentos de intimidade. Nessas horas de puro prazer, sinto como se ela ainda me amasse, mas creio que sexo seja sempre envolvente, não dá para chamar de amor somente por causa disso. Ela já me pegou chorando várias noites. Conversamos enquanto eu tentava me acalmar. Era bem óbvio que ela não me amava mais. Não entendo por que ainda tenho esse sentimento por alguém que nem sequer diz "eu te amo", assim como faço diariamente todas as vezes que posso.

Não recebemos muitas visitas e sempre a culpei por isso. É claro que era a verdade, mas ela não aceitaria se soubesse: nossa relação seria eternamente complicada. Nunca contei a ninguém sobre minha esposa. Esse era um assunto muito delicado, acho que não iriam entender o que sinto pelo cadáver dela e o quanto conversamos quando estamos sozinhos em casa.

JUMENTO PARA O JANTAR

Tenho um pequeno problema com meus pés. Vivo sentindo cáibras. Caminhar costuma ser um pesadelo.

Como preciso ir à cidade quase todo dia, pego meu jumento, o Policarpo, e juntos vamos até meu destino. O único inconveniente é que ele parece não gostar de andar comigo. Obviamente eu vou em cima dele, mas, como sempre andei a cavalo e nunca tinha tido problema, entendi que esse era um dos casos em que o animal se volta contra o seu dono.

Sempre carrego um chicote. Policarpo deve odiá-lo, pois vive levando no lombo. Apanha ao sair de casa e continua apanhando até chegarmos à cidade. Confesso que no início senti pena dele, mas provavelmente ele entendia que minha intenção era fazê-lo andar comigo montado nele. Muitos ficam horrorizados quando me veem educando meu jumento, mas não ligo. Sigo em frente e Policarpo que ande, senão seu couro vai cair.

O jumento anda engraçado, era o que me diziam. Se um animal tiver que andar à base de chicotadas, realmente vai andar desnorteado. O coitado até parecia rebolar comigo em cima dele. A cada deslizada estranha que ele dava, o chicote comia seu coro, que já estava saindo aos poucos. Uma frase motivacional que eu usava para o jumento andar era: "Anda mais rápido ou vai ter jumento para o jantar". E funcionava. Era por isso que ele apanhava cada vez mais, pois me entendia, então só não andava por pirraça.

Admito que, se ele não me levasse à cidade, só me restaria cozinhá-lo, afinal sem trabalhar eu não teria comida. Então o jeito era arrancar o couro do bicho no chicote para ele andar, ou na faca para depois levá-lo à panela. Policarpo era quem decidia seu destino, sou generoso o bastante para lhe permitir escolher.

Tristeza era mantê-lo amarrado na chuva. Mas, como seu sangue escorria por conta das chicotadas, resolvi deixar a chuva lavar seu corpo quase podre de tanto apanhar.

Policarpo não devia entender que nesse mundo nós dois deveríamos nos ajudar. Éramos sozinhos, ele e eu, então unidos chegaríamos a algum lugar. No entanto, o jumento era teimoso e tentava resistir, mesmo não havendo alternativa. Seu corpo devia ser castigado. Era até um favor que eu lhe fazia, pois sem mim tenho certeza de que Policarpo não sobreviveria. Acho até que se sentiria sozinho.

Andava engraçado e por isso apanhava. Algumas pessoas não me entendiam e resolveram fazer algo a respeito. Em uma de nossas andanças um homem jogou uma corda em meu pescoço e me amarrou a um poste. Várias pessoas se juntaram a ele e me açoitaram. Gritei e agonizei. Policarpo deve ter amado assistir a tudo aquilo, mas parece que as chicotadas não foram suficientes. Um deles segurava uma faca e acho que meu destino estava claro para todos quando a lâmina passou por meu pescoço.

Meus pés têm cãibras. Ando com muita dificuldade. Minhas costas sangram e mesmo assim o chicote continua a corroê-la. Ele não entende ainda – mas um dia vai entender, pois estará em meu lugar – e aperta minhas costelas com força quando monta em mim. Ando engraçado e com medo, pois sei que ele fala sério quando grita: "Anda mais rápido ou vai ter jumento para o jantar".

UM SENTIDO PARA A VIDA

Ando sentindo falta dela. Este é um dos únicos sentimentos que consigo ter: saudade. Não entendo por que sou assim. Já fui a psicólogos e eles tentaram me ajudar, mas não conseguiram. Nunca namorei, pois não me apaixono por ninguém. Não sinto ódio e nunca chorei de tristeza. Minha melhor amiga se foi. Todos os dias visito seu túmulo. Foi morta por alguém que não será condenado. O assassino fugiu e provavelmente nunca será encontrado. Não o odeio, mas queria poder odiar.

Tenho muito dinheiro. A vida passa de maneira rápida e sem graça, mas acho que é porque não tenho tantas emoções. Fico horas pensando em como tentar reverter essa situação. Perder alguém para a morte não é fácil. Minha amiga não merecia morrer. Quem tirou sua vida deve ter saído do país. Acho que a saudade não passaria mesmo que ele fosse encontrado. Então nem senti vontade de ir atrás do sujeito. Acredito que talvez eu nunca o encontrasse.

É complicado, mas a primeira vez que senti saudade foi quando minha amiga parou de falar comigo. Fiquei surpreso com o que eu estava sentindo, pois até então não era tão importante para mim. Fizemos as pazes e contei a ela o que senti quando perdi sua amizade, então ela me explicou que aquilo era saudade.

Nada, nenhum sentimento me invade além da saudade que me atormenta dia após dia. Vivo tentando descobrir uma forma de me livrar da falta que sinto dela. É, na verdade, a única coisa que realmente me tornou vivo, mas a busca pela libertação acabou se tornando meu lema. Conhecer novas pessoas não ajudou. Não me apego a ninguém. É uma grande perda de tempo colocar outros em minha vida. Eles não se importam comigo e eu não me importo com eles. Vale ressaltar que às vezes não consigo dormir, tudo por conta desse sentimento, dessa saudade. É um preço enorme para me sentir vivo, mas pelo menos tenho um propósito: tentar esquecê-la.

Foram precisos dois anos para a saudade passar. Minha amiga Bia me ajudou muito nessa época. Foi uma das poucas pessoas que conseguiram me cativar nesse período. Falei com Gabriel sobre ela. Fazia muito tempo que ele não aparecia. Agora já está resolvido. Espero que a morte de Bia me dê vários anos de propósito depois que Gabriel a matar. A quantia que lhe pagarei vai mandá-lo para bem longe. Assim não perderei meu propósito usando vingança como meio de recuperação.

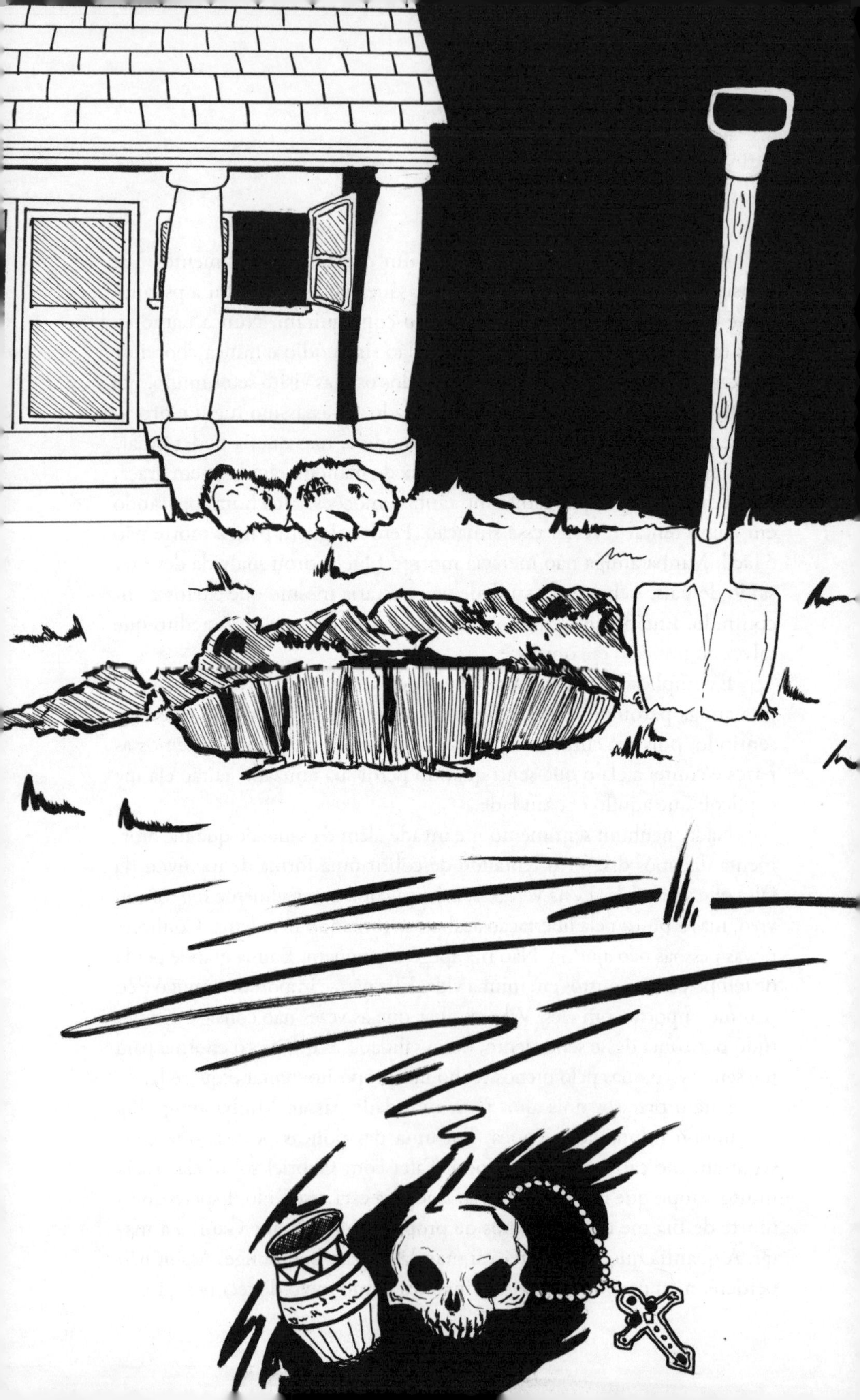

ACHEI VOCÊ

Tínhamos cinco anos quando nos conhecemos. Jorge sempre foi muito reservado, até que um dia, em uma exposição arqueológica, ele me revelou seu fascínio por tudo aquilo, poder cavar e descobrir coisas que já estavam ali havia vários anos. Ele achava tão incrível que passava um longo tempo cavando em seu quintal. Nunca vi nada de mais em artefatos antigos. São apenas coisas velhas que já foram úteis e agora não são mais. Não posso dizer que Jorge era uma criança especial, ele parecia inteligente para valer, mas quem desperdiça a infância cavando?

A alegria e o ego de meu amigo escavador se avolumaram quando conseguiu encontrar um jarro bem antigo em seu quintal. Estava em perfeito estado apesar do tempo. Foi para o museu aos saltos me arrastando consigo. Todos ficaram impressionados. Disseram que um achado daqueles valia uma fortuna. Como a peça estava no quintal de Jorge, sua mãe resolveu contratar um importante advogado, apenas por garantia, é claro. Muitos pareciam querer pôr as mãos no dinheiro que o jarro iria trazer.

Jorge arrumou um belo espaço para cavar em sua nova casa – eu a chamava de palácio. É claro que estava exagerando, mas na época, por ser tão jovem, era assim que eu a via. Jorge me considerava um grande amigo. Passávamos bastante tempo juntos. Ele até me convenceu a cavar com ele. Óbvio, não achamos nada, mas sinto que ele cavava exclusivamente pelo prazer de procurar, sem esperar encontrar algo. Eu, por outro lado, queria muito encontrar alguma coisa. Jorge me garantiu que, se eu encontrasse algo, a peça poderia ficar comigo. Para ser sincero, até em meu quintal e na rua eu cavava.

Minha mãe nunca me disse nada, mas eu percebia que levávamos uma vida de pobreza. Meu pai trabalhava duro, mas ganhava apenas o necessário para nos alimentar. Eu via os dois como grandes heróis, não queria que precisassem abrir mão da própria felicidade para me sustentar. Eu vivia sujo de barro, Jorge era o único que me entendia, me ajudava a cavar, e prometeu que tudo que a gente encontrasse seria somente meu.

Eu só precisava achar algo antigo que valesse alguma coisa, qualquer coisa, mas nada, não importava o quanto eu cavava, só terra e minhocas apareciam. No fundo de meu quintal formou-se um buraco tão fundo que minha mãe me obrigou a tampá-lo. Era inútil, eu nunca encontraria nada de valor, então desisti depois de anos de luta. Quando finalmente pude trabalhar, ajudei muito meus pais. Jorge sempre foi importantíssimo para mim. Era meu melhor amigo. Sei que ficará bastante orgulhoso quando o tempo me permitir desenterrar seus ossos em meu quintal.

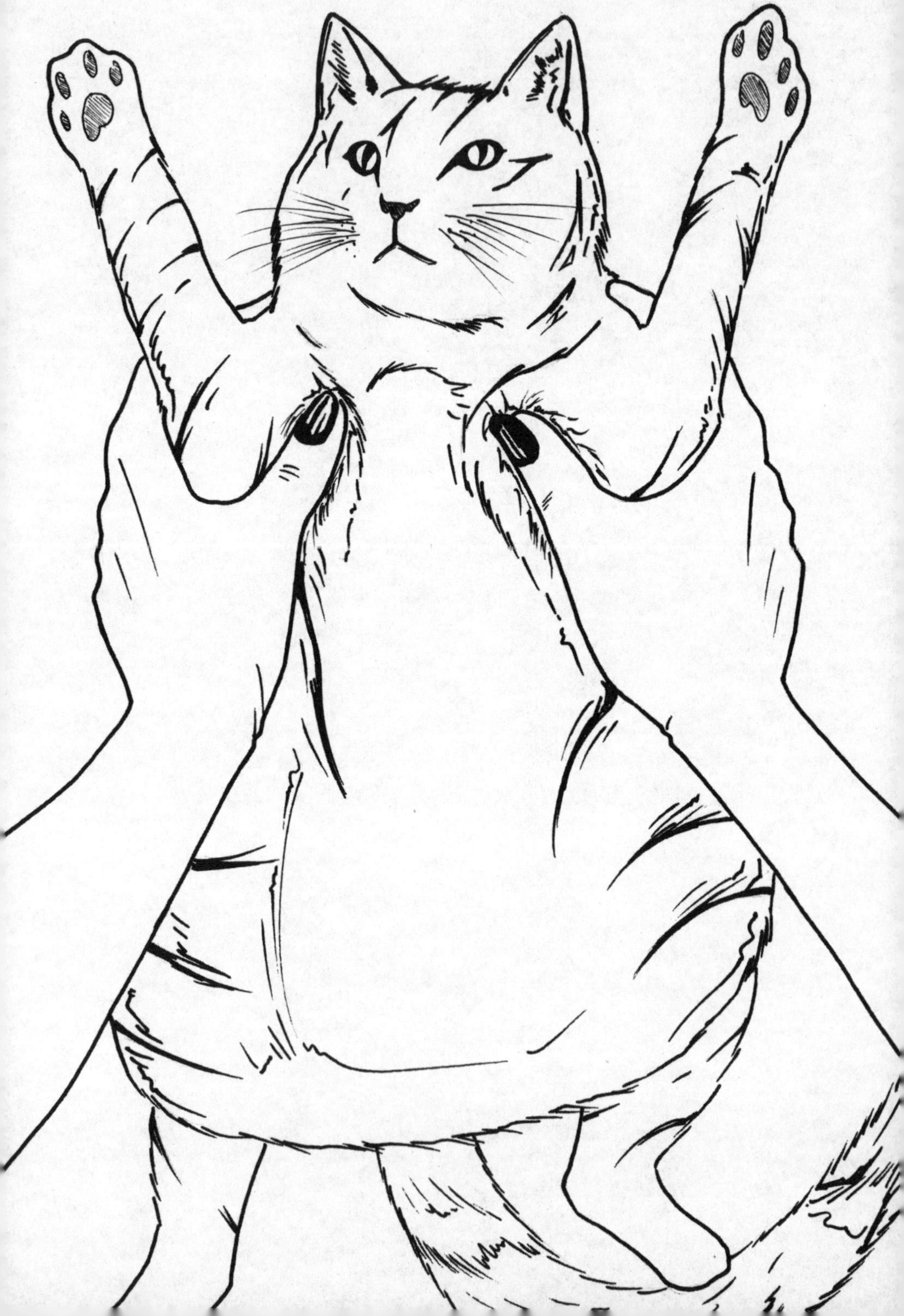

MELHOR AMIGO DA MULHER

Meu gato engordou demais nas últimas semanas. Um tempo atrás eu não o deixava comer muito, porém ele tem miado bastante em casa, implorando por mais e mais. Amo animais, mas gato é o bicho de que mais gosto.

Ganhei Nano de minha mãe, foi um presente de aniversário. Como meu marido se ausentou, passo o tempo brincando com meu gato.

Às vezes sinto que há uma conexão muito forte entre nós. Não sou maluca, mas converso com ele o tempo todo. É algo normal, os donos sempre conversam com seus animais. No banheiro, Nano ama me esperar do lado de fora e mia agoniado pedindo atenção e comida. Sempre o alimento bem, mas parece que agora a ração que antes ele não apreciava começou a ficar muito apetitosa.

Eu nunca havia tido um gato como esse, que me segue por toda parte e conversa comigo achando que vou entendê-lo. É bonitinho o modo como mia. Às vezes parece descontrolado. Chega a arranhar a porta do banheiro. Quando saio ele costuma roçar minhas pernas, fazendo carinho. Podem dizer qualquer coisa sobre gatos, mas eles realmente amam os donos. Muitos falam que eles gostam mais da casa e do conforto, o que não faz o menor sentido para mim.

Nunca me senti sozinha devido à presença de meu gato. Ele sempre foi uma ótima companhia. Meu marido não entendia como eu poderia trocar pessoas por um gato. Acho que me apeguei demais a Nano, agora não tem mais volta. Há três dias acordei com Nano miando muito. Quando o encontrei, vi que estava arranhando a porta do banheiro. Peguei-o no colo e abri a porta para ver o que havia dentro.

Nos três dias que se seguiram fiquei com minha mãe – e provavelmente assim será até eu vender minha casa. Nano não tem comido muito. Quase nada, na verdade. Parece nem se importar mais comigo, pois nem me segue mais. Seus miados constantes pararam e pude comprovar que tudo aquilo era simplesmente porque meu marido estava no banheiro. Pude vê-lo agachado enquanto me olhava com o gato no colo. O único problema é que eu o havia matado muitos dias atrás.

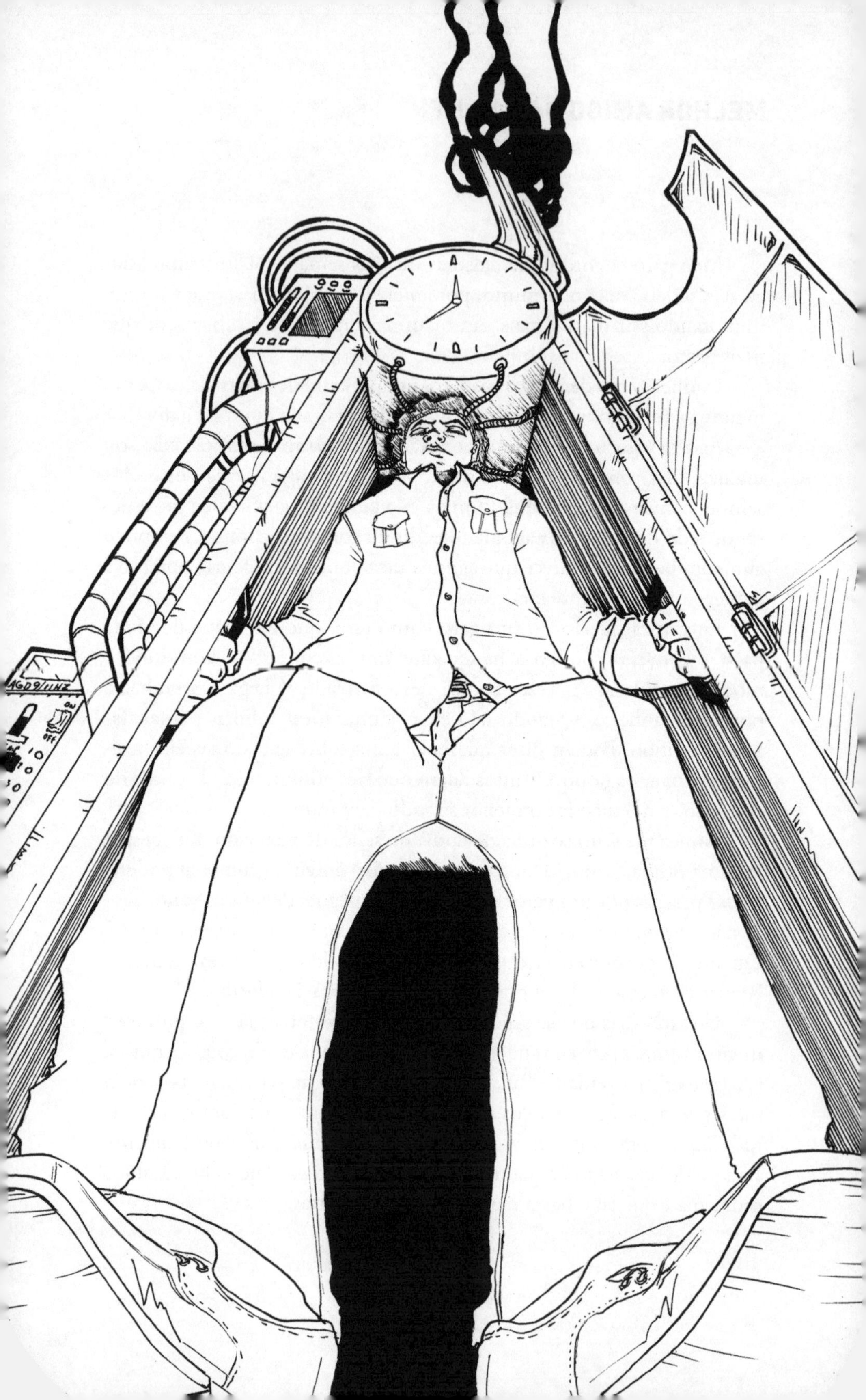

TEST DRIVE

"Quem sabe, né?", foi o que respondi para meu colega nerd de sala.
Fazia uns dias que ele estava totalmente fascinado por um projeto de ciências que íamos apresentar na faculdade. Eu, como parte da dupla – não que tenha sido minha escolha –, estava indo na onda do garoto nada sociável, porém muito inteligente.
Dizem que de louco todo mundo tem um pouco. Mas Roger, esse cara, era de longe o mais doido que conheci. Sua loucura o fazia tirar dez em tudo. O moleque era bom!
O projeto consistia em uma máquina do tempo... Sim, uma *máquina do tempo*. Todos sabíamos que não daria certo. Por algum motivo, no entanto, o brilho nos olhos do menino-prodígio me chamava a atenção. Ele dizia que existiam mundos paralelos. Sua casa era repleta de livros sobre astrologia e teorias da conspiração e, portanto, seria impensável haver erros em sua máquina.
A teoria do multiverso o fazia acreditar que era possível viajar no tempo, ir para outro mundo, onde poderíamos viver o passado ou o futuro. *Tudo bem, o que estou perdendo aqui, não é mesmo? Qualquer nota que eu tirar será maior do que se formasse dupla com outro colega.*
Em uma visita à sua casa para começarmos o projeto, ele me mostrou um enorme abrigo subterrâneo que seu avô tinha construído antes de morrer. Na hora pensei: *Tá aí de onde esse cara herdou a loucura.* Muitas das peças de que precisávamos não podiam ser encontradas em nossa pequena cidade do interior, como chapas de aço, fios de cobre resistentes e aparelhos de choque. Compramos tudo pela internet. Roger montava com precisão peça por peça com base em uma maquete que ele mesmo havia montado. Vários parafusos ali, alguns fios aqui... Nunca pediu minha ajuda, só me deixava observando. Eu estava esperando a hora em que ele ia me dar algo difícil para fazer, mas não aconteceu.
Roger terminou o projeto em dois meses e eu só o acompanhei com os olhos. No dia do teste final ele me pediu que fosse à sua casa.
Estava empolgado e parecia bem agitado. Explicou tudo que tinha feito, e continuei sem entender nada. Pelas palavras difíceis que usou, supus que estava tudo maravilhoso. Entre verbos e adjetivos que eu não conhecia, no fim das contas o que entendi é que tudo estava em perfeito funcionamento. Aquela máquina transportaria qualquer pessoa para

o passado ou para o futuro, bastava colocar uma touca cheia de fios, entrar na cabine e imaginar o que queria.

A máquina a levaria em uma espécie de viagem no tempo, em um mundo paralelo, diretamente para o corpo de outra pessoa que lá vivia. Roger disse que as duas sentiriam algo como um *déjà-vu*, seria como se o viajante realmente fosse aquela pessoa do passado ou do futuro.

O único problema era que, por se tratar de um protótipo, podia-se escolher, em pensamento, apenas entre passado e futuro. Não era possível definir um ano específico nem no corpo de qual pessoa entraríamos, ou seja, seria algo aleatório. Independentemente do que acontecesse durante essa viagem, como contrair uma doença, por exemplo, as consequências seriam instantaneamente transportadas para a vida presente do viajante.

Enfim, logo me prontifiquei a testar a máquina. Queria voltar aos velhos tempos, tentar visitar minha falecida mãe mesmo que de longe, tornar a vê-la viva.

Entrei na máquina e coloquei a touca cheia de fios, cujo nome eu nunca soube. Roger falou para eu fechar os olhos e imaginar... passado ou futuro... Comecei a sentir formigamentos e ouvi Roger dizer bem baixinho: "Boa sorte".

Silêncio total. Tudo escuro durante cerca de cinco minutos...

Acordei no corpo de um senhor de uns sessenta anos que estava em um assento macio e confortável. Poucos minutos para perceber que eu estava dentro de um avião. Maravilha! Acabei com a viagem do velhinho.

Mas isso era muito louco. A sensação era incrível, pois não se assemelhava a um sonho. Fiquei admirado ao ver as roupas das pessoas da época. Como tudo parecia antigo, meu dever agora era encontrar um jeito de saber em que dia e ano eu estava.

Não demorou para eu sentir uma vontade enorme de urinar. Fiz uma força tremenda para me levantar... Dor na lombar, dor nas pernas... Droga, por que não vim no corpo de uma criança? No momento em que me levantei senti um tranco e ouvi um grito vindo lá da frente do avião.

Continuei me dirigindo ao banheiro. O avião entrou no que parecia ser uma zona de turbulência. Ao adentrar o sanitário percebi que algo estava muito errado. Ouvi passageiros chorando, gritos ecoavam da cabine.

No chão do banheiro, um jornal com a data: 11 de Setembro de 2001.

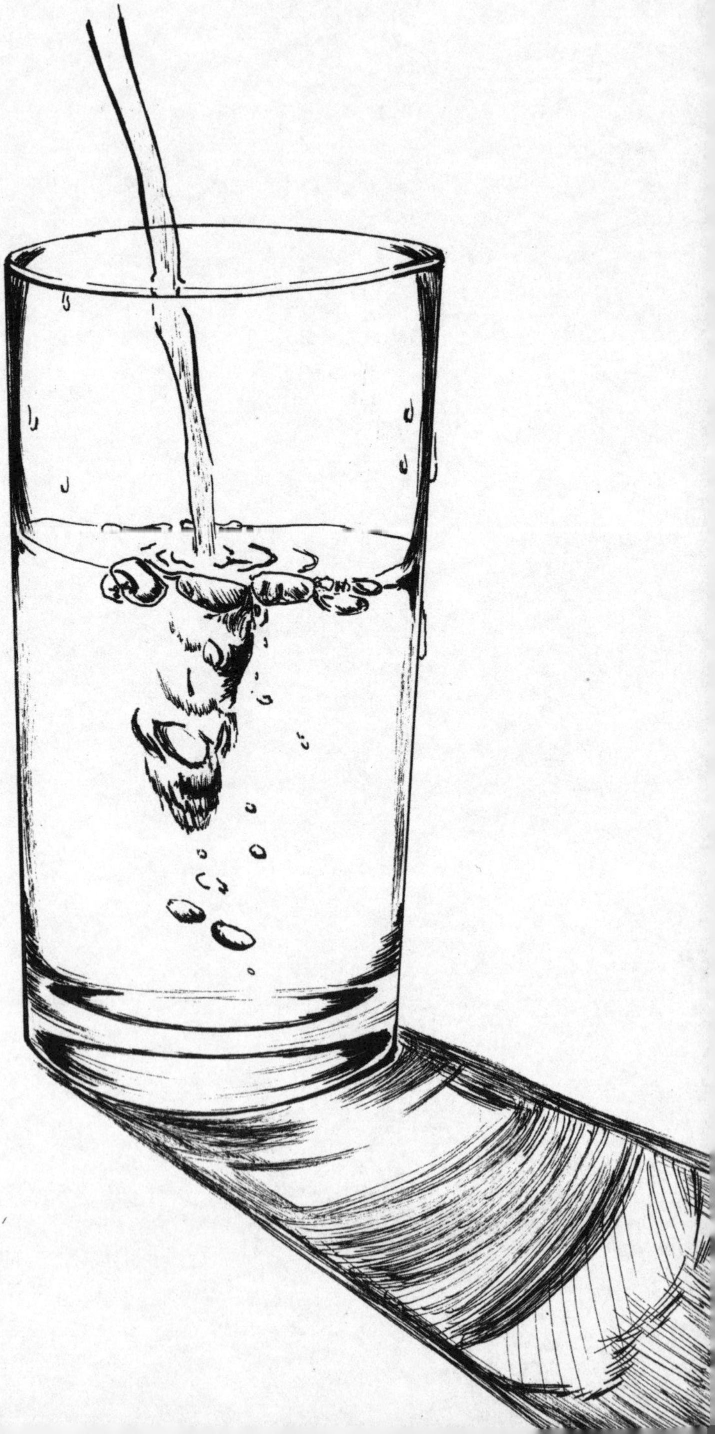

MATANDO A SEDE

Estou acorrentado. Na minha frente só vejo um jato de água saindo por um cano enferrujado. Parece que estou aqui há algumas horas. Só me recordo de ter saído de casa às pressas, pois estava atrasado para o trabalho. Não tenho certeza de como vim parar aqui. Acho que foi no estacionamento. Lembro bem pouco, só imagens distorcidas em minha mente.

Está frio aqui. O lugar tem um cheiro horrível. A corrente em meu pé está muito pesada. A sede surgiu. Olho para a água caindo, sinto que ela está ali de propósito. Depois de gritar por algumas horas finalmente percebo que ninguém virá me ajudar. Não entendo o que está acontecendo. Preciso arrumar um jeito de sair daqui.

Adormeci, provavelmente por horas. Ao acordar, sinto minha garganta rangendo. A saliva em minha boca está sendo engolida de segundo em segundo. No chão há um prato com comida. Não perco tempo e logo devoro tudo. Salgado… Sei que reclamar é idiotice, mas por que tanto sal? Olhar aquela água saindo do cano já está me deixando louco. Percebo uma placa branca que não estava ali antes, assim como o prato de comida. "De sede você não morrerá." Parece uma piada. Tudo foi muito bem armado, o sal, a água caindo para me deixar louco, a placa debochada, tudo foi planejado.

A corrente não sai. Já tentei de tudo. E é curta. Tentei me esticar para alcançar a água, mas é impossível. Está longe demais. A loucura toma conta de minha mente. Quero água, preciso de água, é certo que eu até mataria por ela. Adormecer é fácil nessas condições. Não sei quantas vezes apaguei e recobrei os sentidos. Não aguento mais.

Mordi meu braço. Sangue é líquido. Horrível, contudo é líquido. Tremores constantes tomam conta de meu corpo. Tomei sangue demais. Caio no chão, sem forças. Acho que nem chorar consigo mais.

Sinto a corrente se mexer. Acordei assustado e vi uma silhueta se movimentar. É alta e magra, não consigo enxergar o rosto direito, mas seus lábios sorriem a todo momento. A pesada corrente caiu no chão e reverberou um estrondo assustador. Isso é liberdade. Meu corpo já está muito fraco, mas usei as últimas forças para me arrastar até o delicioso néctar que agora será todo meu. Está tão frio que nem sinto mais a dor do braço. Na verdade, meu corpo todo parece mole e anestesiado.

Lavei o rosto, tomei a água e percebi meus olhos formigando. Não sinto mais sede – acho que pelo fato de não ter mais uma garganta. O ácido corroeu meu rosto e minha visão desapareceu de vez. A risada saía de minha boca engasgada e ecoava enquanto a vida sumia de mim. Realmente, não era a sede que iria me matar.

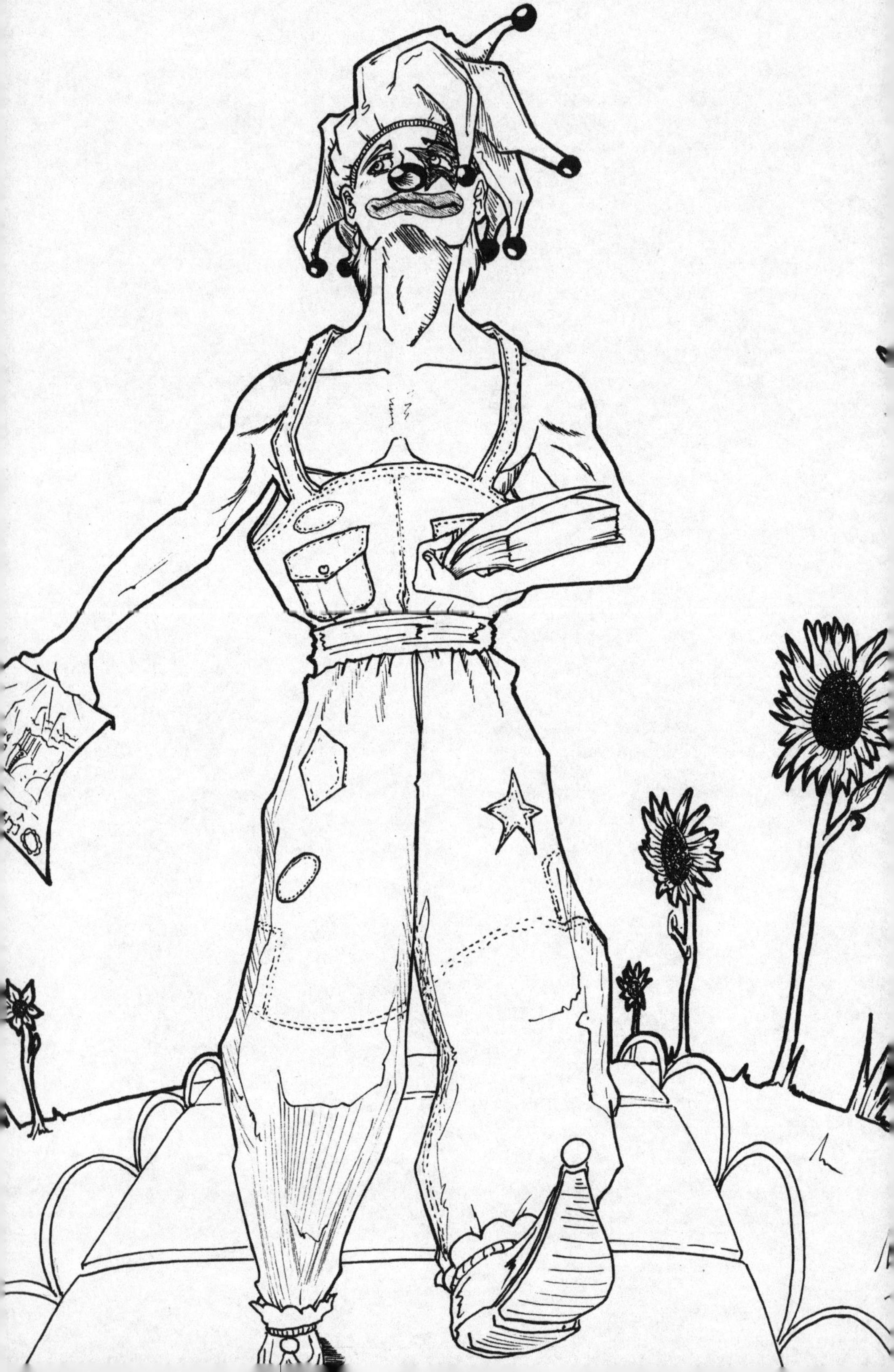

ÚNICA ATRAÇÃO

Era um dia como outro qualquer. Fiz tudo o que sempre fazia. Levantei cedo, tomei café, me arrumei, fui para o trabalho e no fim do dia caminhei de volta para casa. As ruas pareciam desertas, o que era bem estranho, já que naquele horário todos deveriam estar retornando. Ao passar pela praça, algo me chamou atenção. Um palhaço que distribuía panfletos estava agora parado enquanto fumava. Eu já o vira trabalhando, mas era estranho observá-lo fumar na praça. Passei bem perto dele, notei sua mão se estender até mim. Parei assustado. Fez uma mágica boba e um panfleto apareceu em sua mão, peguei-o para não ser grosseiro e segui caminho até minha casa.

O panfleto dizia: "Hoje é dia de espetáculo, e você é nosso convidado para fazer parte desta alegre apresentação".

Era um circo novo. Um empreendimento prestigiado como aquele não devia apostar alto em uma cidade tão pequena. Não tinha tantas pessoas interessadas nesse tipo de atração, e as poucas que iriam provavelmente não fariam valer todas as apresentações. Havia anos que eu não assistia a um espetáculo desses. Vi no panfleto que aquela seria a primeira apresentação, então decidi aparecer por lá para me divertir um pouco. Estava quase na hora de eu sair de casa – terminei de me arrumar, peguei minha carteira e saí. No caminho, as ruas continuavam desertas. Era estranho, dava a impressão de que, de repente, todas as pessoas haviam sumido da cidade.

A música estava bem alta, e as luzes passavam um ar muito alegre de festa. O circo era enorme e estava lotado. Parecia que toda a cidade tinha ido assistir às atrações. Comprei algumas coisas para comer e notei que ninguém estava a fim de comprar as guloseimas que o circo vendia. Não se formaram filas, mas o ambiente estava tão cheio que o estranhamento era ainda maior.

Consegui um lugar bem central, de modo que poderia ver tudo de um excelente ângulo. Logo os demais assentos foram ocupados. O público era enorme, e muitas pessoas tiveram que ficar de pé. A gritaria e as conversas paralelas se encerraram e todos, em silêncio, prestaram atenção no palco. Eu estava empolgado, ansioso para me divertir. Os dias eram sempre árduos e chatos, e eu precisava muito dessa distração para me animar.

Um homem alto e magro entrou no palco. Ele parecia bastante contente. Saudou a todos e pediu que começássemos a nos preparar. Confesso que não entendi o que ele queria dizer, mas ao olhar ao redor notei que todos na plateia estavam se pintando de branco e colocando perucas e roupas coloridas. Olhei embaixo de minha cadeira imaginando que ali haveria uma fantasia para mim, mas não encontrei nada. Um grupo de palhaços veio em minha direção e, com um gesto, me chamaram para perto deles. Fui pensando que receberia algo para vestir. No entanto, quando me aproximei, eles me pegaram pelo braço e me forçaram a ir até o palco. No caminho notei várias crianças na plateia, todas muito bem fantasiadas de palhaços. Idosos também faziam parte daquele cenário aterrorizante. Parecia que tudo era para todas as idades. Seus rostos sérios e o silêncio faziam meu estômago embrulhar, meus pés já não andavam, eu estava praticamente sendo arrastado até aquele palco sinistro.

Parado no centro de tudo, eu me dei conta de quão bizarra era aquela situação, com um monte de palhaços ali me assistindo. O homem alto veio em minha direção e perguntou se eu estava pronto para começar. Gaguejando, eu lhe respondi que não sabia ao certo o que estava havendo. Nesse instante, os palhaços que me levaram até o palco tiraram facas de dentro dos seus bolsos enormes. Olhei para a plateia e percebi que todos estavam fazendo o mesmo. O homem magro me olhou nos olhos e, saindo do palco, disse: "Esperamos que você agonize por mais tempo. O resto da cidade não aguentou mais do que quinze facadas!".

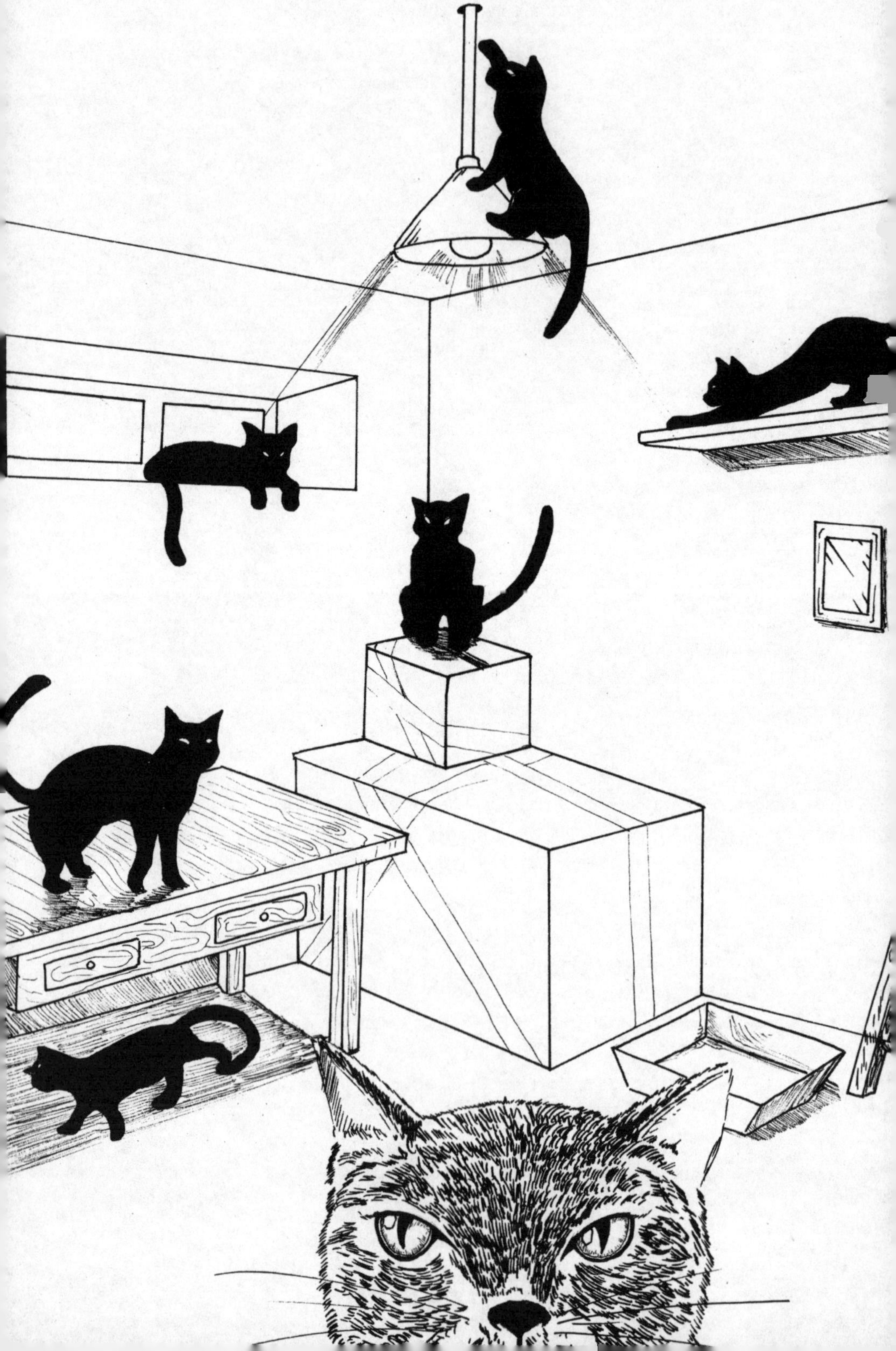

FAÇO MINHA PRÓPRIA SORTE

Ando com cuidado, sempre olhando para o chão. Não posso pisar em nenhuma linha, pois minha mãe pode sofrer algum acidente. Estou à procura de sal, é algo que nunca deixo faltar. Utilizo-o para espantar o azar que está à minha volta. As pessoas não entendem, me acham estranho. Eu não ligo.

Não tenho espelhos em casa, é muito perigoso. Costumo dizer que a vaidade pode custar caro caso você o quebre por acidente. Alguns anos de puro azar são capazes de destruir uma pessoa para o resto da vida. Pés de coelho e ferraduras adornam minhas roupas. Não ando na moda, mas assim me sinto seguro. O sal fica no bolso, e em minha mochila sempre carrego ração para gatos – eles são o que mais preciso evitar.

Imagine alguém andando à meia-noite em uma encruzilhada. Do nada aparece um gato preto. A pessoa começa a passar mal por conta do medo. Alguns passantes, que por alguma razão ali estavam, acham graça e saem espalhando para a cidade. Aconteceu comigo, ouvi dizer que foi hilário. Não achei nada engraçado. Minha mochila pesa por causa da ração que insisto em carregar. Na verdade, é algo que não conto para as pessoas, já me acham estranho demais. Às vezes é frustrante saber que todos pensam coisas bizarras a meu respeito. Mas minha vida nem sempre foi assim. Tive que me acostumar bem rápido a ela dessa forma.

Quando passo perto de escadas, geralmente tremo e dou um gritinho. Muitos caem no chão de tanto rir. Simplesmente passo depressa pelo local e me afasto até estar bem distante. Logo o resto da cidade fica sabendo e viro piada novamente.

Não gosto de falar sobre dinheiro com ninguém. Tudo que ganho vai para o banco. Quero juntar uma boa quantia para conseguir melhorar de vida. Acho que em breve conseguirei. Não pretendo me casar. Meus rendimentos são apenas para mim. A cidade está cansada de saber que casamentos me dão enjoos terríveis. Aposto que devem ter matado a charada, pois ver a noiva antes do casamento não é uma boa ideia, nunca é bom se arriscar demais.

Minha cidade anda sempre bem abastecida de gatos. A maioria não é preta, mas houve uma época em que a população de gatos pretos era enorme. Dizem que eu entraria em combustão se saísse muito de casa. Não dá mesmo para acreditar nas coisas que as pessoas inventam.

É claro que me ver fazendo essas excentricidades pode ser um perfeito entretenimento, o que deviam mesmo era cuidar de suas vidas – sempre se esquecem disso. Todos nós temos que viver, então cada um deve se preocupar apenas consigo.

Na maior parte da manhã faço algumas caminhadas pela cidade, deixando um rastro de gargalhadas que nem sempre é sutil aos meus ouvidos. De tarde já estou em casa. Descanso um pouco. Quando a noite chega vou até a sala secreta e escolho um dos gatos mais magros que encontro. Seus pelos negros brilham quando o sangue sai de sua boca. Sua vida vai me proporcionar riquezas. Tudo é feito no mais perfeito sigilo. Ninguém nunca desconfiará de mim, pois para todos sou apenas um supersticioso que morre de medo de gatos pretos.

NUTRINDO ESPERANÇAS

A esta altura já estou tendo alucinações. Sei que aqui trancada comigo, dentro da cozinha, encontra-se a última garrafa de água do país inteiro. Eu a tomo aos poucos, queria que durasse o máximo possível. Minha cabeça dói, já faz três dias que estou aqui. As alucinações começaram há algumas horas. Parecia que a porta ia cair. Tudo ao meu redor girava. Gritos ecoavam em minha mente. Vozes roucas me atormentavam de noite. Não podia mais dormir.

Os alimentos estão acabando. Procuro comer bem pouco para economizar, mas sei que tudo irá estragar se não for consumido logo. É um beco sem saída, não há o que fazer. Está quente desde o primeiro dia. A geladeira não funciona mais. Ligar o fogão para cozinhar é uma tortura. A garrafa de água está na metade, tão quente que nem dá mais gosto tomá-la, apenas a consumo para tentar me manter vivo pelo máximo tempo possível.

Ando para lá e para cá dentro da cozinha, passo horas chorando e, quando me recupero, fico olhando para a porta à espera de que algo positivo aconteça. O mundo já era, nada de bom vai surgir de repente. Não sei que horas são. Apenas sei que é noite, pois uma pequena parte do teto é feita de vidro. A única iluminação que tenho nesses momentos são as estrelas.

O sono não vem, as vozes roucas me atormentam, tudo gira, o suor escorre, estou tão grudento que tenho nojo de mim. Banho é algo que provavelmente não existirá mais no mundo. Se por ventura alguém conseguir sobreviver, as futuras gerações irão ver o banho como uma lenda ou algo totalmente maluco de se fazer. O gosto do suor é horrível. Experimentei várias vezes. As últimas gotas de água acabei usando para lavar meu rosto, todo cheio de uma lama composta de poeira e suor.

As vozes vêm e vão. Estou cada vez mais louco. A sede e a fome começaram a me atormentar. Agora estou como eles. Não tenho mais certeza se ainda vivem, já faz alguns dias que larguei minha família do lado de fora da cozinha. As batidas e os gritos de agonia que ouço hoje podem ser mesmo coisa da minha cabeça.

NUM PISCAR DE OLHOS

Terror noturno foi o diagnóstico dado por um dos médicos do manicômio. Fui informada por uma enfermeira, mas eu sabia que era muito pior. Na maioria de minhas noites, uma forma negra de olhos vermelhos me observava. Sempre começava na parede. Conforme eu piscava, a coisa ia se aproximando cada vez mais de mim. Quando em uma das noites tentei apenas manter os olhos fechados, percebi que era exatamente isso que fazia essa abominação sentir vontade de chegar até mim.

Os arranhões em meu corpo fizeram com que sempre me mantivessem com as unhas bem aparadas, achavam que eu me automutilava. Mesmo com os dedos quase sem unhas expostas, os arranhões continuavam aparecendo. Nas câmeras diziam ver apenas minha cama e eu, gritando e esperneando. No início falavam que era só para chamar atenção. Após os arranhões aparecerem, perceberam que se tratava de algo mais sério.

Eu já estava exausta. Tentava não dormir, pois sabia que o vulto negro viria para me agredir. Nunca engulia os remédios, não podia dormir. Às vezes acabava cedendo, era quando ele surgia. Não piscar era impossível. Eu era vencida pela dor quando os olhos ficavam muito tempo abertos. A criatura se materializava mais e mais perto a cada piscada minha. Chorar ajudava, mantinha os olhos umedecidos, assim era mais fácil não fechá-los. Minha situação era crítica. Ninguém acreditava em mim. Poderia estar louca por vários motivos, mas sabia que aquela coisa negra de olhos vermelhos realmente existia.

Sempre começava com sussurros. Meu corpo se arrepiava e a vontade era de me esconder debaixo dos lençóis. Mas ele gostava que eu o olhasse, não queria que meus olhos se desviassem dele. Tentava manter minha visão permanentemente em sua face aterrorizante. Algumas lágrimas desciam. O fracasso me custava sangue e muita dor em meu corpo. Já estava cansada disso. A decisão que tomei provavelmente me colocaria em uma situação complicada. Não teria volta e todos me julgariam muito mais louca de pedra do que antes.

Aplicaram um calmante em mim. Fui levada para uma sala cheia de pessoas vestidas de branco. Vi em sua expressão o horror que eu lhes transmitia. A maioria sequer conseguia olhar para mim. Enquanto eu repetia várias e várias vezes a frase "Ele não vai mais chegar tão perto de mim", os médicos apenas me olhavam e decidiam o que fariam com meus olhos, agora sem nenhuma pálpebra para protegê-los.

REGRA É REGRA

Funerais são sempre tristes, pessoas chorando e às vezes uma chuva para lavar a dor. O enterro do meu melhor amigo havia começado. Sua família estava em peso ali, a tristeza consumia a todos. Ricardo tinha vários amigos, era uma pessoa muito amada. Tanto sua família como os demais presentes faziam parte de uma seita secreta. Ninguém nunca devia mencionar o assunto fora da sede. Meu amigo sempre fora ótimo em guardar segredos. Era um dos mais antigos do nosso grupo, ele mesmo havia ajudado a criar essa lei a que todos deviam obedecer.

Certo dia, sem querer, acabei falando sobre coisas da seita. Mas regra é regra, fui severamente punido. Perdi meus dois braços e um dos olhos. Acredito que as punições por quebrar regras são rigorosas demais, porém hoje entendo que se, nesses casos, não houvesse nenhum tipo de sofrimento, todos iriam cometer contravenções sem se importar. Ricardo era rígido com todos. Sua família fora fundadora da seita, ele era o herdeiro e filho único. Após sua morte, nosso novo mestre deveria ser escolhido por meio de votação.

Nunca desejei ser mestre da seita. Entretanto, agora que surgiu a oportunidade, estava pensando em me candidatar. Era claro como água que eu poderia ganhar. Eu era o mais bem preparado. Havia estudado todas as leis. Apesar de ter sofrido uma punição por desrespeitar uma delas, ainda era visto como alguém que passaria certo ar de confiança a todos. Quando alguém me olha, logo percebe que tive o que mereci. Então um mestre que causa medo e lembra constantemente uma punição severa era o ideal naquele momento.

Membros da seita não podem se casar com pessoas de fora. Acredito que essa lei seja a mais severa de todas, pois a maioria das mulheres que faz parte do grupo é velha e muito malcuidada – sabem que inevitavelmente teremos que nos casar com elas, então não se importam com beleza e higiene. Ricardo fez o que fez por considerar essa regra pesada demais. Apaixonou-se por Meire, uma mulher jovem e bonita. Tentou inseri-la na seita, mas ela não passou nos testes e ele se enfureceu. Uma noite tentou fugir com a garota. Era evidente que seria pego. Seu pai – nosso mestre atual – foi quem deu a punição. Meire foi amarrada em uma mesa e devorada viva por vermes que nosso mestre cria em seu calabouço. Ela levou três dias para morrer. Ricardo foi obrigado a assistir os vermes devorando sua amada.

A família inteira agora chora. Ricardo será lembrado por todos como aquele que se rebelou contra a seita. Quando o caixão começou a ser baixado, sua mãe entrou em desespero. Por mais que a seita fosse séria, perder um filho é sempre doloroso, ainda mais da forma como tudo aconteceu. A sentença foi rigorosa, ninguém questionou nosso mestre. Aceitamos com pura obediência. O caixão atingiu o chão e nos despedimos de nosso querido amigo jogando flores e presentes antes de ele ser enterrado.

A terra era jogada e aos poucos o caixão sumia de vista. O choro e as lágrimas aumentavam. A chuva caía cada vez mais forte, e o barulho que Ricardo fazia enquanto tentava tirar a tampa do caixão era silenciado pelos tiros que dávamos para o alto.

LEIA AS REGRAS - BH

NÃO EMPRESTO MEUS LIVROS

Sempre odiei emprestar meus livros. Ninguém cuida deles como os próprios donos. É frustrante entregar um livro novo a alguém que diz amar leitura e, depois, recebê-lo de volta com sujeira e páginas amassadas.

Foi o que me aconteceu. O livro que emprestei fora um presente da minha falecida mãe. Era uma das poucas lembranças que eu guardava dela. Minha melhor amiga praticamente passou meses me implorando para emprestá-lo, pois não tinha condições de comprá-lo – era antigo e os únicos exemplares disponíveis estavam à venda na internet a preços bem salgados. O fascínio que minha amiga tinha por esse livro era fora do comum. Ela passava muito tempo olhando sua capa na internet, me mostrava promoções em sites, mas mesmo com todos os descontos o preço ainda era absurdo.

Era interessante como o jogo havia virado. Ao emprestar o livro fui obrigada a passar meses implorando a devolução. Ela sempre dizia que precisava de mais tempo, e eu ficava louca de raiva quando ouvia essa desculpa idiota. Nossa amizade estava ameaçada. Eu não podia desistir do livro, então continuei falando com ela para tentar resgatá-lo.

Páginas rasgadas, sujeira na capa e até um mau cheiro bizarro. A cretina não teve coragem de devolvê-lo pessoalmente. Minha prima foi quem ficou encarregada de me entregar aquilo que somente eu poderia chamar de livro naquele momento. Não havia mais amizade, nem conversas, nem encontros, nada! Apenas raiva e desgosto. Inevitavelmente, passei algumas noites chorando. Fui idiota, é assim sempre. Emprestar livro é burrice total.

Não podia jogá-lo fora. Não tive coragem de colocá-lo perto dos outros que eu mantinha organizados na prateleira. O cheiro horrendo que vinha dele me provocava náuseas. Passei quase todo meu perfume para tentar encobrir aquele fedor, mas não ajudou muito. Então o deixei dentro de uma gaveta isolada.

Não sei ao certo por que não consigo mais dormir. Tenho tido pesadelos, muitos deles envolvendo minha mãe. Às vezes quando acordava tinha o fedor do livro impregnado em meu nariz – complicado segurar o vômito. A raiva era o sentimento que me acompanhava todas as manhãs. Acordar com vômito saindo pela boca era apenas parte do problema. Comecei a sentir dores no corpo todo, não sei se ficar exposta a tamanho mau cheiro poderia causar esses sintomas. Não tive escolha, tirei o livro da gaveta, que já estava praticamente podre. Havia vermes por todas as páginas.

Fui ao quintal e preparei um local para queimar meu livro. A dor de ter que destruir algo tão importante para mim foi muito intensa. Joguei álcool e assisti enquanto o fogo o consumia. As páginas se tornaram cinzas, mas havia um pequeno alfinete no meio do livro. Nele, percebi um saquinho cheio de ossos podres moídos, uma foto três por quatro de um esqueleto desenterrado e em seu verso os dizeres: "Apodreça igual à sua mãe".

ATALHOS PARA A FELICIDADE

Conheci meu amado Lucas em um mercado. Eu e minha irmã estávamos fazendo as compras que nossa mãe havia pedido. Quando o vi foi amor à primeira vista, era incrível o que eu estava sentindo. Marla, minha irmã, deu muita risada quando lhe contei. Somos gêmeas, mas, apesar das semelhanças físicas, somos muito diferentes em todos os outros aspectos. Marla não parece se interessar por relacionamentos, então sua risada ao me ver de olhos vidrados em Lucas foi totalmente aceitável.

Marla foi quem arranjou tudo. Ela me apresentou a meu futuro marido. Lucas e eu nos casamos depois de três anos de namoro. Minha nova casa era linda, Lucas havia se esforçado muito para consegui-la para nós. Ele tinha prometido a seu tio que trabalharia para ele de graça durante dois anos e, se cumprisse a promessa, poderíamos ficar com a casa dele quando nos casássemos. Foram dois anos difíceis, mas arrumei um emprego e ajudei meu amado Lucas com tudo que ele precisava. Sabíamos que podíamos confiar em seu tio. O esforço valeu a pena, ganhamos a casa, e o tio ainda nos presenteou com cinco mil reais.

Minha irmã sempre foi feliz, ou pelo menos era dessa forma que eu enxergava. Nunca fomos muito unidas. Dizem que gêmeos têm uma ligação muito forte, entretanto nós duas seguimos caminhos bem distintos. Ela nunca falou sobre homens comigo, nem sobre mulheres. Acho que não gosta de pessoas, mas pelo menos comigo ela sempre foi legal.

Nossos pais são divorciados, e a vida toda moramos com nossa mãe. Marla era indiferente até mesmo com ela e, apesar de não termos uma grande ligação, nos dávamos bem. Poucas vezes Marla me fez passar raiva. Sempre me vinguei, é claro. Lembro-me de um dia ter passado horas fazendo uma redação. Quando me dei conta, minha irmã havia me enganado e substituído meu nome pelo dela. Tirei um zero enquanto ela foi elogiada por nossa professora. Recebeu até um prêmio. Eu procurei minha redação durante horas, e só fui descobrir que ela tinha me sabotado um ano mais tarde, quando achei nas coisas dela não apenas minha redação, mas vários trabalhos que, ao longo dos anos, haviam sumido, o que me obrigava a refazê-los.

Fui totalmente razoável em seu castigo. Apesar de às vezes sentir que fui longe demais. Na única vez que minha irmã mostrou interesse por um garoto, consegui destruir completamente suas esperanças de ficar com ele. É provável que eu seja um monstro, considerando que Marla nunca mais se apaixonou. Fiz a cabeça do menino, disse que minha irmã gostava de garotas e por isso nunca ficaria com ele. E a cereja do bolo: beijei-o enquanto Marla nos observava. Ficamos semanas sem nos falar e depois fizemos as pazes. Vivo lembrando Marla desse episódio, mas apenas para me desculpar, já que posso ter destruído a confiança de minha irmã. Talvez ela nunca mais se envolva com um homem, e isso porque me aproveitei dos sentimentos dela.

Fui presenteada com uma notícia maravilhosa. Havia conseguido engravidar. Nunca vi Lucas tão feliz. Ele lutou duro para me dar tanta coisa, poder retribuir com algo que ele sempre quis foi um grande prazer. Confesso que até aquele momento eu não queria ser mãe, mas, com o passar do tempo, a barriga foi crescendo e acabei me apaixonando por nosso filho, que logo nasceria. Lucas organizou um chá de bebê surpresa para mim. Ganhamos tanta coisa que acabamos doando parte dos presentes – era muita coisa mesmo. Parecia que tudo estava ótimo, minha vida havia mudado desde que conheci Lucas, não poderia querer mais nada.

Poucas vezes na vida vi Marla chorar. Uma delas foi quando entrei em trabalho de parto. Confesso que achei estranho e bonito ao mesmo tempo. Não imaginei que ela quisesse tanto ser tia. Minha irmã ficou comigo o tempo todo. Não saiu de perto para nada. Correu tudo bem, meu filho nasceu saudável e era lindo. Marla chorou novamente quando o segurou nos braços. Acho que nunca a vi tão feliz como naquele momento. Suas lágrimas de alegria pareciam até superar as de Lucas, que era o pai.

Meu filho chama-se Augusto. Hoje está com cinco anos. Gosta bem mais do pai do que de mim. Eu já fiz de tudo, mas não consigo mudar essa predileção por ele. Marla sumiu após o terceiro aniversário de Augusto. Faz muito tempo que aprendi a conviver com isso. Ela era ótima tia, passou por muita coisa que ninguém nunca vai entender. Sempre odiei esse nome, Marla. Minha mãe devia estar louca quando o escolheu. Que bom que pude esquecê-lo. Agora quero apenas usufruir o que conquistei. Não sou boa em lutar pelas coisas, mas sei muito bem como tomar dos outros suas grandes conquistas. Meu único erro foi pensar que Augusto não iria me reconhecer. Passei um ano inteiro dizendo a ele que agora sou sua mãe e que não sou mais sua tia.

A VELHA RIQUEZA DE SEMPRE

"Eu os declaro marido e mulher!"
A cerimônia terminou com vários gritos de alegria e muitas palmas, e me senti uma princesa enquanto caminhávamos até a porta da saída. Todos ali parados olhando para mim. Sei o que alguns estavam pensando: *É uma interesseira, só se casou com esse velho por dinheiro.* Essa gente era tudo de que o mundo não precisava. Acho que, quando alguém vê uma pessoa tão feliz, acaba pensando o pior dela. Muitos pensam que a felicidade não é tão justa assim – na maioria das vezes querem ser felizes apenas porque acreditam merecer. Eu encontrei meu amor, e fiquei feliz por ter conquistado seu coração, apesar de não merecer.

Ele não confiava totalmente em mim, por isso fez um acordo pré-nupcial. Fingi não me importar, mas me senti triste, talvez ele não me amasse de verdade. A sociedade nunca vê pelo outro lado, pois um velho rico nunca se casa com uma velha – decerto acredita que, por ter dinheiro, pode conseguir mulheres mais jovens. Acho que só ficou comigo por conveniência, e por pedir esse acordo deveria planejar me largar pouco tempo depois. Esses pensamentos me fizeram ficar com medo de perdê-lo, então lutei para fazê-lo feliz. Todos os dias eu o acordava com beijos e carinho. Era bom tê-lo comigo, na minha visão estávamos os dois felizes.

Vivíamos em uma mansão. Era enorme, parecia um verdadeiro palácio, tínhamos um bom número de empregados, nossa situação financeira estava ótima. Bom, pelo menos a do meu marido estava. Fiz um curso de cuidadora, e acabei gostando. Ganhava meu próprio dinheiro trabalhando com idosos e, quando estava em casa, passava o tempo cuidando de meu marido. Confesso que sempre o via distante, parecia que eu não o agradava mais. Lutei tanto para fazê-lo feliz que nem percebi que ele realmente não me amava mais.

Certa vez, quando cheguei do trabalho, meu marido me disse que eu cheirava a velho. Acabei rindo da situação, mas ele não estava achando graça. Senti que estava desconfiado de mim, mas não lhe perguntei nada. Decidi não dar mais corda para o assunto, jamais o trairia, infelizmente não sabia como lhe provar. A maioria dos nossos empregados era jovem, e nossa cozinheira era linda. Obviamente eu não me sentia confortável em sair de casa e deixar meu marido a sós com ela. Mas eu queria que ele confiasse em mim, e para isso eu devia aprender a confiar nele também. Foi o que fiz, tirei todos os pensamentos ruins da cabeça e assim pude focar melhor em meu trabalho.

Deise sempre se vestiu de modo comportado. Ela preparava nossa comida e quando eu saía aproveitava para limpar a casa. Aos poucos pude notar que suas roupas estavam um tanto apertadas demais. Vestia-se de modo sexy, o que me incomodou. Após conversar com ela, recebi uma ligação de meu marido quando eu já estava no trabalho. Ele estava furioso, gritou comigo e usou a palavra confiança inúmeras vezes. Eu sabia que talvez fosse tudo coisa da minha cabeça. Ele devia me amar, por isso estava com tanta raiva. Não pude demitir a cozinheira, que passou a me olhar com ódio nos olhos, então parei de comer em casa, não arriscaria ser envenenada.

Um dia voltei mais cedo do trabalho e encontrei a sala toda bagunçada. Era como se alguém tivesse brigado ali. Várias coisas estavam no chão. Fui até a cozinha e de lá comecei a escutar gemidos femininos. Então entendi o que estava acontecendo. Corri para meu quarto. Ao entrar, deparei-me com a cena mais grotesca que já havia visto. Meu marido estava amarrado em nossa cama e Deise pulava em cima dele como se estivesse montado em um cavalo. Os dois me olharam, mas mesmo percebendo que eu os descobrira continuaram com a brincadeira nojenta. Gritei com os dois, mas não me deram atenção. Quando arremessei meu sapato neles, aquele velho sem-vergonha me olhou com o maior desprezo do mundo. Era como se a errada fosse eu. Deise o desamarrou. Enquanto ela me segurava, meu marido me batia.

Dinheiro é uma coisa engraçada. Quanto mais você tiver, mais certo estará em qualquer ocasião.

Tive que passar dias no hospital. Não sabia se iria sobreviver. Contei tudo à polícia, porém nada fizeram. Contratei um advogado. Ele sumiu depois de alguns dias. Fui forçada a me retirar da casa – não que eu quisesse ficar lá, mas depois de tanto tempo eu a via como um lar. Deise foi posta na rua. Enganou-se ao pensar que meu ex-marido iria ficar com ela. Era só mais um velho nojento que buscava felicidade destruindo a vida dos outros. Não sei como pude amar alguém tão podre. Ao longo do tempo, alguns homens tentaram me matar, eu sempre soube que foi ele o mandante. Precisei até me mudar de estado, era perigoso morar tão perto daquele monstro.

Consegui colocar minha vida em ordem. No trabalho evoluí bastante. Cursei uma faculdade de medicina, mas gostava mesmo de cuidar de idosos. Hoje estou com trinta anos. Uma década se passou e minha vida nunca esteve tão boa. Pude conhecer o amor novamente, me casei e tive um filho. Atualmente trabalho em um grande hospital e já ajudei muitas pessoas, a maioria idosos, pois gosto de dizer que é minha especialidade. Minha família não se importa que eu fique até mais tarde no trabalho. Hoje mesmo tive que passar a madrugada no hospital. Um paciente idoso havia sofrido uma parada cardíaca. Consegui ajudá-lo. Ele está bem, não consegue falar direito, tem vários problemas de saúde e parece bem assustado. Acho que é porque quando ficamos sozinhos eu lhe disse que finalmente poderia me vingar.

PERSEGUINDO UM SONHO

Demorei um tempo para me arrumar. Acabei acordando tarde, o que não deveria acontecer, pois é o único momento em que posso fazer tudo o que realmente me faz sentir vivo. Abri a porta e saí de casa. Ela costumava correr de madrugada e isso eu não podia perder. Suas curvas se moviam delicadamente enquanto ela corria no silêncio da noite. Era tão formosa que com o passar do tempo ficava cada vez mais linda. Haviam se passado dois anos desde que comecei a observá-la.

No início foi complicado. Ela não seguia uma rotina. Então me dediquei e procurei conhecer todos os seus gostos, seus costumes e até seus medos. Odiava homens altos demais, mas se tivessem dinheiro não haveria problema. Gostava de homens atléticos, musculosos, desde que não fossem pobres. Tudo era uma grande fantasia inventada apenas para encobrir seu amor pelo dinheiro, algo que resolvi aproveitar. Eu tinha dinheiro, mas aprendi cedo que nem tudo pode ser comprado. Havia coisas no mundo que apenas se podia ter em sonhos, e sonhar era algo que eu fazia com muita frequência.

Moro ao lado da casa da garota que vivo perseguindo. Na verdade, mandei construir do zero esta casa apenas para observá-la com mais facilidade. Somos amigos, e conquistei sua amizade usando minha riqueza. Confesso que quase cedi quando ela mencionou que poderíamos ser muito mais do que amigos, mas dessa forma eu seria manipulado, então não aceitei. Já sabia que meu dinheiro a atraía, isso era um fato, e eu não poderia virar um dos homens que se perdem em seus braços e depois acabam no esquecimento. O único modo de mantê-la interessada em mim era ficando longe dela.

Ao vê-la correr percebi que o que mais me chamava a atenção nela era o motivo de sair para correr. Queria estar sempre em forma para conquistar facilmente os homens que desejava. Tão ambiciosa, seu vício por dinheiro ia além do que muitos já viram. Era incrível o que ela fazia com homens ricos. Usava de ilusões e promessas. Quando já havia usufruído bastante, resolvia partir para a próxima vítima.

Confesso que isso sempre me deixou excitado. Ela era tudo o que alguém poderia querer. Mas não podemos ter tudo na vida. Nossa amizade era muito inocente, apesar de tudo. Conversávamos sobre qualquer assunto, ela via em mim um grande amigo. Eu tinha que mantê-la interessada o máximo de tempo possível, mas aos poucos senti que meu dinheiro não era o que realmente sustentava nossa amizade, por isso parei de usá-lo como atrativo.

Minha vizinha nunca namorou sério. Apenas usava os relacionamentos com homens ricos para despertar inveja em suas amigas – algo que ela sempre me contava. Eu não achava errado nem certo, cada um faz o que quer com a própria vida, a não ser, é claro, que essa pessoa passe a maior parte do tempo como eu, sonhando.

Eu não era um bom corredor, motivo pelo qual sempre recusei o convite para correr ao lado dela. Não conseguiria observá-la atentamente, por isso sempre dei ótimas desculpas: disse que não seria capaz de acordar tão cedo, argumentei que me cansava com facilidade, falei coisas que nunca permitiram a ela imaginar que eu a seguia. Era arriscado fazer o que eu fazia. Me escondia no mato, às vezes atrás de postes, usava os carros como parede para não ser visto. Eu me sentia um verdadeiro profissional da espionagem, afinal havia feito isso muitas vezes. Na verdade, conseguia acompanhar seu ritmo. Reconheço que às vezes era complicado, pois precisava estar sempre escondido, então corria com cautela para não fazer barulho. Naquele horário estávamos praticamente só nós dois na rua. O menor ruído poderia me entregar. Se eu fosse descoberto, tudo iria por água abaixo.

Estava quase na hora de ir para casa. Percebi que ela havia diminuído o passo, estava cada vez mais cansada, então comecei a me preparar para ir embora. Raramente a acompanhava em seu retorno, pois seria arriscado e ela acabaria me vendo. Fiquei parado, bem quieto, enquanto ela caminhava. Passou por mim e nem me notou – essa seria mais uma madrugada bem-sucedida, pelo menos era assim que encarava a situação. Mas me descuidei e tropecei em uma pedra. Bati a cabeça na porta de um carro e o barulho fez minha amiga olhar para mim. Veio correndo ao meu encontro. Eu não podia fazer nada, só me levantei e comecei a preparar os ouvidos. Ela chegou me empurrando e, num tapa, sua mão acertou minha face com muita força. Xingou-me de várias coisas horríveis. Despenteou meus cabelos e jogou minha peruca no chão. Meu rosto ficou todo manchado de batom. Começou a rasgar o vestido que eu havia roubado de seu varal. Cuspiu em meu rosto e me deixou chorando sozinho. Havíamos tido essa conversa antes, mas, como ela reagiu mal, eu nunca mais toquei no assunto. Na época minhas palavras foram:

— Sou apenas um jovem rapaz que quer muito ser você!

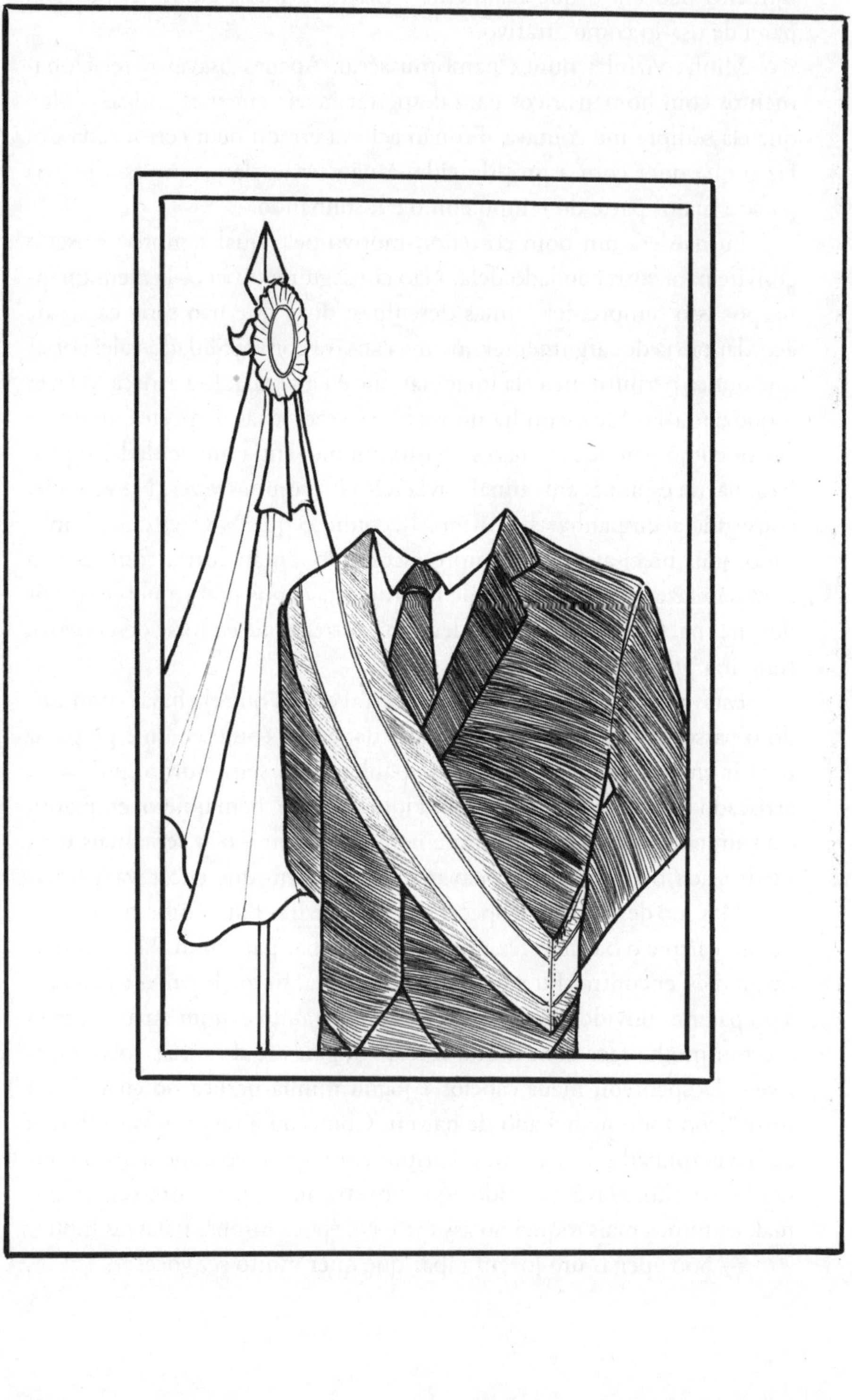

EU PROMETO...

As eleições começaram. O país vinha enfrentando uma crise nos últimos anos, então, com muito esforço, consegui me candidatar ao cargo de presidente. Tudo aquilo precisava mudar. Sempre defendi os pobres. Acredito que, como grande parte da população é pobre, devemos juntar nossas forças para tentar mudar as coisas, e de fato ninguém pode fazer nada sozinho. Minha campanha se apoiava inteiramente nisso, na união de todos para um bem comum.

Entre os demais candidatos, apenas um me parecia um adversário à altura. Ele fez sua campanha com base em promessas, o que a maioria habitualmente faz, mas suas promessas eram um tanto boas demais. Decidi não atacá-lo, achei melhor continuar falando apenas sobre o futuro do país e sobre como podíamos mudá-lo.

Os debates pareciam um coliseu com vários gladiadores, um apunhalando o outro sem piedade. Eu apenas existia lá, não queria chamar atenção da forma como todos faziam, usando mentiras para derrubar a campanha dos oponentes. Acho que o povo é prioridade, por isso me mantive firme nessa conduta. Não sei ao certo se meu maior adversário sabia o que estava fazendo, embora as pesquisas mostrassem que ele estava entre os candidatos com mais chances de vencer. Passar a campanha inteira apenas prometendo isso e aquilo era uma estratégia que poderia derrubá-lo a qualquer momento. Bastava todos perceberem que era só isso que ele tinha a oferecer: promessas.

Não havia meio mais errado de chamar atenção dos eleitores que prometer um monte de absurdos. Obviamente eu não poderia provar que o candidato não iria cumprir nem dez por cento de tudo que prometera, mas quanto mais eu ouvia aquele monte de mentiras, mais sentia vontade de difamá-lo pela internet. Seria errado, eu poderia até usar uma conta falsa e colocar em xeque cada uma de suas promessas. Todos estão de alguma forma se atacando. A política se transformou num ringue: um tentando derrubar o outro em vez de todos se juntarem para fazer algo grande acontecer. Eu não sabia se ficar de fora disso me ajudaria a vencer.

Não demorou muito e as bocas mentirosas e sujas se voltaram contra mim. Mentiras e mais mentiras eram jogadas em meu colo. E, por mais que se tentasse explicar que tudo era falso, sempre existiria uma grande parcela de pessoas que não acreditariam na minha inocência. Me senti muito para baixo, pois todos eram bons nessas armadilhas, me aprisionaram dentro de uma bolha. Se eu saísse dela, teria que abandonar tudo aquilo em que acreditava. E foi o que acabei fazendo.

Se eu ia duelar com eles da mesma forma que eles pretendiam duelar comigo, antes eu iria me preparar. Óbvio, não daria para revidar na mesma medida, então percebi que ninguém era inteiramente inocente, existiam várias verdades sobre cada um deles que eu poderia usar. E assim o fiz. Foram dias de planejamento. Criei várias contas falsas em redes sociais e as utilizei contra eles. O mais interessante era que, como eu não os atacava publicamente, ninguém desconfiava que eu fazia isso pela internet. Aos poucos, derrubei um a um. Tudo o que eu postava era realmente verdade, então as notícias não surgiam e logo desapareciam – pelo contrário, elas permaneciam sob os holofotes e ganhavam ainda mais força por conta da repercussão na mídia.

Foi um sucesso. Haveria segundo turno. Eu e meu adversário das promessas absurdas iríamos competir pela presidência. Suas mentiras foram tão longe que ele já estava se comprometendo a pagar um salário a todo mundo sem que precisassem sequer trabalhar – era um disparate, e diariamente a mídia o ajudava divulgando essas tolices. Todos os vagabundos de rua estavam vibrando.

Esse seria complicado de derrubar. Vi seu histórico, não havia nada que eu pudesse usar contra ele. Então a única solução foi apelar para a mentira. Inventei tanta lorota sobre ele que algumas vezes fiquei até com pena. Não tinham como verificar o que era verdade ou mentira, mas com certeza esse tipo de coisa abala muito a imagem das pessoas. Eu já estava duvidando se realmente alguém em seu juízo perfeito votaria nele.

No grande dia, resolvi não sair de casa para nada além de ir votar. Só de brincadeira, votei em meu adversário. Dei um jeito de filmarem. Depois que eu fosse eleito, encontraria um meio de mostrar o quanto sou humilde. Fogos subiram aos céus quando anunciaram a vitória de meu adversário. O vídeo que mandei fazer acabou vazando e virei piada na internet. Fui o cara que votou em seu adversário por achar que venceria.

As promessas evidentemente não foram cumpridas. Hoje olho para as ruas e estão sempre vazias. Passaram-se três anos de completo terror, pessoas foram assassinadas a sangue frio, as que sobraram aceitaram trabalhar por um único prato de comida diário. Meu adversário está cada vez mais poderoso, as eleições serão extintas, ele ficará no cargo até o fim de seus dias.

Nunca acreditei que uma pessoa sozinha seria capaz de mudar alguma coisa, por isso me orgulho de ter fechado a parceria com meu adversário pouco antes das eleições.

DURMA SE FOR CAPAZ

Viajar desacompanhado à noite é sempre cansativo. Quando estamos sozinhos na estrada há muito tempo, conversar com alguém durante o percurso não tem preço. Ainda demoraria demais para eu chegar em casa, por isso decidi achar um hotel para pernoitar. Eu tinha passado por alguns um pouco antes, mas não estava tão tarde e acreditei que àquela hora já estaria em casa. Mas nem todo plano dá certo, então acabei no meio da estrada, à noite, torcendo para encontrar algum lugar para descansar.

No início, pensei que não conseguiria encontrar nada na beira da estrada. Meu medo era ser obrigado a parar o carro e dormir dentro dele até amanhecer, o que seria muito perigoso. Tive a sorte de avistar uma luz mais à frente na estrada. Continuei no caminho e dei de cara com um hotel. Seu estado demonstrava não ser um ótimo estabelecimento, mas eu não estava em condições de escolher. Era um lugar pequeno, cheirava muito mal e tinha poucos quartos, uns quatro, se contei certo.

Fui cara de pau o suficiente para perguntar ao dono do hotel se, por acaso, havia outro mais adiante, na estrada. Apesar da minha pergunta insolente, ele foi muito educado. Disse apenas que aquele era o único nas redondezas. Ele parecia doente ou algo assim. Tossia demais. Fiquei por ali, não tinha para onde correr. Recebi a chave do quarto número três e, ao caminhar até ele, escutei um barulho estranho. Tive a impressão de que algo raspava o chão a intervalos regulares. Quando tentei ver do que se tratava, o dono do hotel apareceu. Acenei com a cabeça e entrei em meu quarto.

Não acreditei na bagunça daquele lugar. Estava todo desarrumado, o quarto fedia horrores e as luzes não funcionavam. Tive que usar meu celular para conseguir enxergar por onde eu andava. Àquela altura, não havia muito o que fazer além, é claro, de tentar dormir um pouco. Procurei esquecer tudo o que me rodeava. Estava ciente de que só precisava aturar aquela noite. E esse justamente era o motivo de o lugar ser tão malcuidado. Todos que ali se hospedassem teriam que enfrentar a noite, independentemente daquelas condições. Um belo jeito de ganhar dinheiro, passar os dias olhando para o nada enquanto os hóspedes tentavam dormir ignorando o mau cheiro. Mesmo que alguém se atrevesse a dizer alguma coisa sobre o lugar, tenho certeza de que o dono não iria se irritar, ele se mostrava bastante calmo, acho que sabia bem como lidar com as pessoas que aqui decidiam ficar.

A terra parecia estar sendo usada para muito mais do que apenas ser pisada, tinha algo estranho ali.

Eu havia conseguido pegar no sono, mas não me surpreendeu acordar durante a madrugada por causa de barulhos estranhos. O medo começou a percorrer meu corpo como uma corrente elétrica em fúria. O que estaria causando aquele barulho? Parecia que algo estava sendo arrastado de forma violenta. O hotel era rodeado de cascalhos, acho que servia para evitar a formação de barro nos momentos de chuva. Quando se anda sobre esse tipo de material no silêncio da noite, o barulho fica ensurdecedor para quem se empenha em dormir. O que eu ouvia era muito pior, talvez fosse alguém que, além de andar, tentava, sem muito sucesso, arrastar algo bastante pesado. Fiquei em completo silêncio para escutar melhor. Ouvi tosse. Ouvi algo bater com estrondo, vários golpes intermináveis, era meu coração, que por conta do medo estava cada vez mais acelerado.

Fazia bastante frio, e lá fora o dono do hotel parecia estar morrendo por conta de sua tosse seca característica. Olhei a hora, era muito tarde para alguém estar do lado de fora arrastando coisas pesadas. Fiz uma pausa no sono e me levantei. Fingi ter várias escolhas, e após ir ao banheiro resolvi abrir a porta e ver se o dono do lugar precisava de ajuda. Olhei ao redor e não vi nada, exceto algo que eu já esperava encontrar: um rastro entre os cascalhos que aparentemente levava até o quarto número um. Eu poderia voltar para meu quarto e esperar amanhecer, mas decidi ir até lá, pois notei a porta entreaberta. Eu precisava saber o que estava acontecendo ali.

Empurrei-a com cuidado para não fazer muito barulho. O cômodo estava tão podre que quase vomitei logo na entrada. A escuridão invadiu meus olhos, mas aos poucos pude me acostumar com ela. Então, traços do que parecia estar ali dentro foram se revelando para mim. Vi um buraco fundo no chão, aproximei-me e lá havia um caixão aberto e vazio. Ouvi uma tosse vinda de trás de mim, e de repente uma pá me atingiu no rosto. Caí dentro do buraco e acabei no caixão. O homem me apontou uma arma e fez um gesto para eu ficar em silêncio, colocando seu dedo contra a boca e fazendo "shh".

— Por favor, deixe-me ir embora — supliquei ao vê-lo pegar a tampa pesada do caixão.

— No meu hotel eu levo o descanso muito a sério — disse ele, e então disparou a arma contra meu peito. Enquanto a escuridão total tomava conta de mim, entendi que minha única escolha naquele momento era realmente descansar.

ATÉ QUE ALGO OS SEPARE

Meu marido sempre foi uma praga na Terra. Nunca foi bom, nem mesmo quando nos conhecemos. Suas mentiras me fizeram acreditar que ele poderia mudar. Obviamente, eu achava que era o homem mais sincero do mundo, porém ele mentia sobre tudo, e eu acreditava. O amor verdadeiro deve começar cego, aos poucos vai desaparecendo e o que sobra é o medo... O medo de apanhar até morrer. Eu nunca sabia quando ou como aquele que prometeu me proteger iria me agredir. Às vezes acontecia do nada. Outras, ele inventava algum motivo idiota. Provavelmente gostava de me fazer sofrer. Meu corpo nunca se recuperava completamente, vivia com marcas roxas e cortes que ele não permitia cicatrizar.

A primeira surra que levei de Alisson, meu marido, foi pouco antes da chegada do Natal. Eu havia lhe comprado um lindo par de sapatos. O valor ultrapassou o que eu poderia pagar, entretanto achei que, se eu trabalhasse mais, conseguiria me livrar da dívida sem muitos apertos. Quando comprei o presente resolvi escondê-lo. Alisson encontrou-o, desembrulhou-o e pesquisou o valor na internet. A surra que levei fez vários vizinhos aparecerem na porta de nossa casa. Precisei fingir que eu havia sofrido um acidente e que meu marido estava tentando me ajudar. Com certeza eu morreria se contasse a verdade. Eu nem gritava mais, sabia que viriam surras e mais surras. Gritar era um meio de ele saber que estava atingindo seu objetivo.

Alisson trabalhava com adesivos. Vivia disso havia muitos anos. Deixou tudo para trás e tentou a sorte. Ele acabou se dando bem. À medida que sua felicidade aumentava, a minha diminuía. Era pouco provável que nossa relação fosse para a frente. Tentei abandoná-lo várias vezes. Na última delas fugi para outra cidade. Quando ele me encontrou, disse que eu lhe pertencia e que nem a morte mudaria isso... Bom, mudou.

Ele trabalhava aplicando adesivos em carros, por isso viajava muito. Ia e vinha a todo momento. Era natural que alguém tão ocupado e de cabeça quente uma hora fizesse uma besteira. Em certo momento, um de seus clientes lhe passou a perna, levando-o a um alto prejuízo. A raiva de Alisson foi tamanha que, quando achou o carro do homem que o enganara, colou um adesivo enorme no para-brisa com os dizeres: "Eu sou caloteiro". Não tinha como prever o que essa brincadeira iria lhe custar, nem sempre conhecemos aqueles com quem fazemos negócios. Por isso, às vezes é melhor se controlar.

Alisson sumira. Não atendia às minhas ligações. Eu não queria admitir, mas precisava dele. Tinha contas a pagar e dependia muito de seu dinheiro. Entretanto, ao perceber a oportunidade de me livrar de todo aquele sofrimento, comecei a fazer planos. Recebi uma ligação. Haviam encontrado um corpo quase irreconhecível, mas os documentos e um aparelho de celular levaram os policiais até meu endereço. Queriam que eu fosse reconhecer o corpo, ou pelo menos o que restara dele.

O suspeito tinha confessado e se explicado, mostrou a todos uma foto de seu carro, e meu marido era o único que poderia ter feito aquilo. Não imaginei que Alisson terminaria assim, mas nem todo mundo consegue suportar insultos. Ele mexeu com alguém mais louco do que ele próprio. Eu não me importava, finalmente seria livre.

Levaram-me até o local do corpo e concordei que, de fato, estava irreconhecível. Alguns traços, porém, me provaram que era meu marido. Olhei os detalhes em sua face, o homem que se vingara dele havia colocado para fora toda sua fúria. Era impossível acreditar que alguém assim não tinha feito nenhuma outra maldade no mundo. Eu já amei um maluco, pensei enquanto examinava os cortes na face desfigurada de Alisson. Cobriram-no de volta, não queriam que eu continuasse olhando para aquele rosto assustador. Eu não ligava. Tinha convicção de que o que eu sentia era somente alívio.

Quando percebi que não havia mais ninguém ali me olhando. Levantei o pano e, com um bisturi, rasguei ainda mais seu rosto. Repeti o gesto algumas vezes, depois ajeitei tudo como estava antes e me virei para deixar para trás os anos de sofrimento que tanto me destruíram. Senti uma atmosfera estranha no ar, uma presença ruim. Ao me virar, vi o lençol se mover enquanto o corpo se sentava. O pano caiu e os olhos sem vida me encararam pela última vez. Ele não iria me deixar em paz — eu lhe pertencia, nem a morte iria mudar isso.

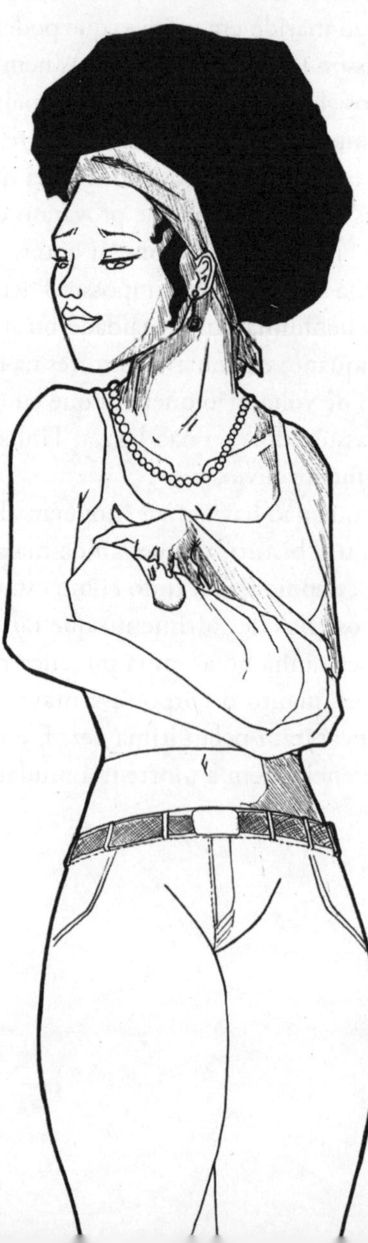

UM FUTURO BRILHANTE

Destravei o carrinho de bebê e segui caminho até o mercado que havia ali perto. Lá dentro meu filho David sorria enquanto balançava para lá e para cá. Nossa compra estava quase finalizada. Fraldas boas são caras, mas eram essas que eu tinha que comprar. Ainda faltavam alguns itens da lista, então eu e meu bebê fomos atrás deles. Sorri para ele enquanto pegava frutas e alguns legumes. Nunca o vi tão contente como naquele momento, minha satisfação ao tê-lo ali comigo era imensa. Não tinha completado dois aninhos. *Seu pai que perdeu ao nos abandonar, pois agora estamos realmente bem*, pensei. Ele não aceitava o fato de David ser tão importante. Acertamos que ele deveria escolher entre ficar comigo ou me deixar em paz. Imagino que não me amava de verdade, pois não demorou muito a escolher ir embora das nossa vida. Não espero vê-lo de novo. Acredito que ele vai sofrer bastante sem mim.

Uma amiga vidente disse ver grandes realizações no futuro de David. Ele vai ser uma pessoa bem importante quando crescer. Essa previsão me deixou feliz demais. Não acredito muito em coisas sobrenaturais, mas era bom saber que meu filho poderia ser alguém na vida. Meu ex não deve ter um bom futuro, isso quem disse foi minha amiga. Ela falou que, quando alguém se compromete com algo assim, voltar atrás pode acarretar inúmeras desgraças. Eu nunca voltei atrás em nada, não seria agora que desistiria, tudo estava perfeito, e meu filho nunca fora tão feliz quanto agora. Uma curva e David deu um sorriso largo. Ele amava andar comigo dentro de seu carrinho, e eu amava empurrá-lo. O carrinho tinha suportes onde eu podia pendurar as sacolas. Quando finalmente terminamos as compras, saímos do mercado e nosso passeio começou. Fiz os cálculos de cabeça enquanto David bocejava. Eu havia gastado bastante, mas sobrou tanto que nem acreditei. Não existia economia que funcionasse em minha vida. Não como essa, claro.

Tomei um sorvete durante um cochilo de David. O dia estava só começando, mas ele já parecia exausto. Bebês são assim, vivem para chorar e dormir, mas meu David quase nunca chorava – eu o fazia muito feliz, então permanecia o tempo todo alegre. Algo nele sempre me chamou atenção. Quando passávamos perto de uma igreja, o choro estranho começava. Somente nessas ocasiões ele chorava. Eu imaginava o motivo, mas por David ser tão pequeno era algo esquisito. Talvez ele pudesse saber de algo que eu desconhecia, o que era mais estranho ainda, afinal ele não tinha idade para entender nada. Eu sempre fazia um mapa mental. Evitava passar perto de igrejas, entretanto, mesmo assim, algumas coisas ainda aconteciam. Havia muitas casas perto das quais David odiava passar, já outras acho que ele amava ver. O choro me revelava até isso.

Em casa ele era um amorzinho, na rua chorava do nada. Descobri uma coisa que até fez sentido: as casas das quais meu filho odiava se aproximar pertenciam a pessoas que frequentavam a igreja. Até isso o aborrecia. Minha amiga disse que tudo fazia parte do brilhante futuro que o esperava.

As pessoas me viam como alguém importante. A maioria dos meus amigos já se acostumara a se curvar perante mim quando me encontrava. Eles diziam que era quase involuntário, mas sabiam que isso logo passaria. Quando a hora chegasse, minha relevância seria determinada apenas por meu saldo bancário, que inacreditavelmente aumentava a cada dia. Consigo acreditar nas mudanças.

A festa de aniversário de dois anos de David foi bem animada. Os convidados foram escolhidos a dedo. Recebi a lista e saí convidando. Mesmo incluindo as crianças, não era muita gente. Eram pessoas que agradavam David, ele não chorava perto delas, o que era bom para mim. Eu não gostava de vê-lo aborrecido.

Ele ganhou vários presentes, caixas grandes bem embrulhadas. As instruções eram para que só fossem abertas no dia seguinte. Nunca contrariei as leis, sabia que tudo daria certo no final. Alimentei meu bebê e o coloquei para dormir quando sua festinha acabou. Ele parecia exausto. Seu futuro estava garantido, eu não tinha por que me preocupar com ele. Não fazia ideia de como realmente seria, mas sabia que minhas dificuldades na vida teriam fim.

David estava novamente sorrindo em seu carrinho. Fiz várias curvas para deixá-lo cada vez mais alegre. Já estava bem tarde. Parei em um lugar onde meu pequeno ficou sério. Acho que ele sabia. Pegaram-no no colo e ele foi posto no pequeno altar. Com uma faca especial, silenciei sua respiração com um simples golpe no coração. Todos aplaudiram e seu futuro se completou. Viveria no limbo com dores em perfeita agonia enquanto minha vida estaria no auge do sucesso. Seu pequeno corpo foi embrulhado em um tecido vermelho e o levei para casa. Passei o resto da noite desembrulhando os presentes e escolhendo entre eles o melhor caixão que ele havia ganhado. Escolhi um com vários pregos enferrujados dentro, pois quanto maior fosse seu sofrimento, mais feliz eu seria na Terra.

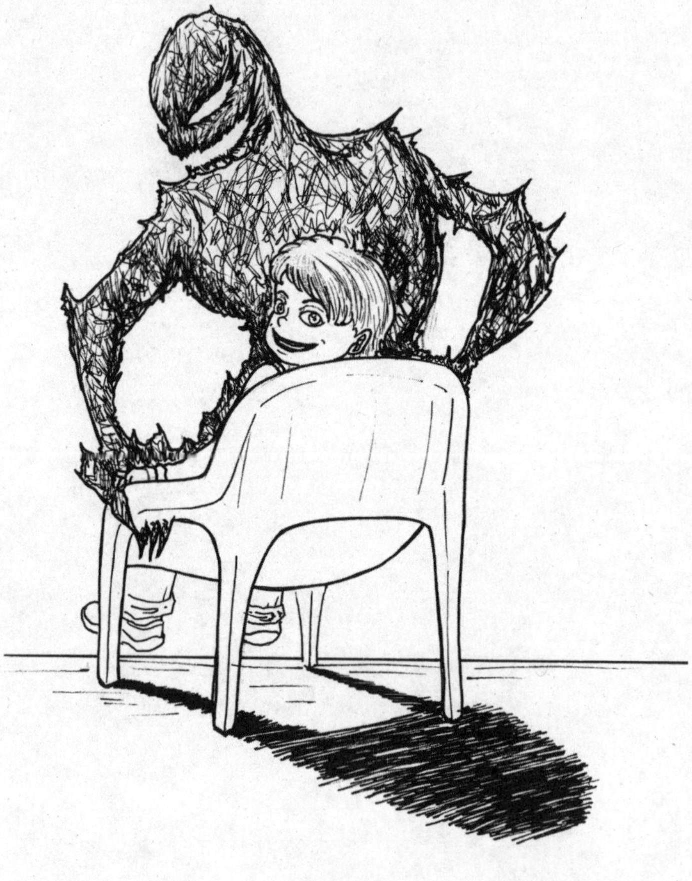

MENTE FÉRTIL

Levei minha filha de sete anos até sua psicóloga. Ela não tinha amigos na escola. Estava sempre sozinha, porém o que mais me preocupava era seu amigo imaginário, com quem ela dizia brincar a todo momento. Naquele dia, a psicóloga conversou com ela por um longo tempo. Quando pude entrar na sala, ela me informou que minha filha era apenas dotada de muita imaginação e que, por ter dificuldades em se relacionar com outras pessoas de sua idade, acabou inventando um amigo em quem podia confiar. A psicóloga confirmou que muitas crianças fazem isso.

Levei Carol para casa. Se estava tudo bem, eu podia tirar um peso enorme das costas. Conversei com ela naquele dia. Expliquei-lhe que fazer amizades com outras crianças seria divertido para ela, mas Carol queria muito ficar apenas com seu amigo inventado, e como me foi dito que era normal, acabei aceitando sem insistir mais no assunto.

Carol passava horas falando sozinha em seu quarto. A maioria de suas brincadeiras se passava ali dentro. Às vezes eu tentava escutar o que ela dizia, quase sempre ela parava de falar quando eu chegava perto da porta. Era como se soubesse que eu estava ali. Poucas coisas eu consegui ouvir, uma delas era "Dói muito estar aí?". Confesso que essa pergunta me assustou bastante. Ela fazia muito isso, perguntas. "Pede perdão, ou será que não adianta mais?" Perguntas como essa eram constantes, mas eu ouvia muito pouco, de modo que minha preocupação começou a aumentar.

Achei outra psicóloga que diziam ser muito boa. Resolvi procurar mais uma opinião profissional. Estava confiante de que desta vez seria diferente. Atualizei a psicóloga sobre tudo que Carol ficava dizendo em seu quarto. Então deixei as duas conversando sozinhas. Quando ela me chamou, explicou-me que minha filha era uma grande questionadora, parecia gostar de perguntar sobre tudo e todos. Disse que, enquanto elas conversavam, Carol perguntou-lhe sobre coisas de sua vida pessoal. Falou que era normal na idade dela. Crianças são curiosas, passam boa parte do tempo tendo dúvidas sobre tudo e todos. Tranquilizou-me dizendo que eu não deveria me preocupar.

"Você não deveria enganar as pessoas, é feio." Novamente o medo voltou dentro de mim. Eu não queria minha filha falando sozinha. Devia ter um jeito de mudar essa situação. Mesmo que me dissessem que estava tudo bem, eu não podia ter tanta certeza. Havia algo errado. Eu não sabia o quê, mas havia. Carol sempre conversou comigo sobre tudo, mas, por conta de sua imaginação fértil, aos poucos foi se distanciando de mim. Eu queria muito poder voltar a conversar com ela da forma como fazíamos antes. Mas agora ela não parecia se sentir à vontade.

Resolvi me sentar na cama de minha filha à noite quando a coloquei para dormir. Achei que esse seria um bom momento para conversarmos. Nós duas sempre fomos muito unidas. Eu queria resgatar isso. Perguntei-lhe sobre esse seu amigo, ela me disse que ele sempre parecia feliz, que lhe contava histórias sobre sua vida, e que hoje em dia estava apenas preocupado com o futuro dela. Carol não me contou muito além disso, disse que não tinha mais nada para falar a respeito. Acabei argumentando que seu amigo era coisa inventada e que vivia apenas na imaginação dela. Porém, não consegui convencê-la disso.

Minha filha estava novamente no quarto brincando com seu amigo imaginário. Tentei ouvir o que ela dizia, mas parou quando cheguei bem perto da porta. Sua conversa era feita de sussurros, não falava alto, era de propósito, não queria que eu escutasse. Isso tudo me deixava louca, era uma mistura de preocupação e curiosidade. Não tinha muito o que ser feito. Então entrei no quarto e perguntei-lhe se poderia participar da brincadeira. Ela sorriu e disse que sim. Ajeitei-me no chão e quis saber do que estava brincando. Era de casinha, estava preparando o chá para mim e para seu amigo inventado. Eu quis saber se sempre brincava apenas disso. Respondeu que na maioria das vezes sim, mas que também gostava de ficar apenas conversando com seu amigo.

O chá estava pronto. Serviu-me uma xícara e pediu-me que sentasse em uma cadeira.

— Não se pode tomar chá sentada no chão, mamãe, é falta de educação.

Dei risada e procurei uma cadeira. Havia duas pequenas do nosso lado. Fiquei com medo de me sentar e quebrá-la. Seria um jeito triste de encerrar uma brincadeira saudável entre mãe e filha. Levantei-me e puxei a cadeira para mais perto. Quando ia me sentar, ela protestou:

— Cuidado, não sente aí, não. — Olhei assustada para a cadeira, não havia nada lá.

— Mas o que tem de errado? Acho que ela aguenta meu peso. — Novamente estava quase me sentando quando minha filha deu um grito agudo:

— Não, mamãe. É aí que Lúcifer está sentado!

EU ME LEMBRO QUE...

"Me esqueci" era minha resposta para quase tudo. Meu marido havia passado nosso casamento todo cuidando de mim. Não tenho como agradecer por tudo o que ele fez. Minha mente tem um problema sério. Às vezes me esquecia de coisas, de repente, e não importava o quanto eu tentasse, não conseguia me lembrar de nada. Era sempre como se algo estivesse faltando. Com frequência eu não lembrava onde havia deixado o celular. Esquecer o nome de pessoas que tinha acabado de conhecer era muito frequente, novas amizades eram difíceis de manter por essa razão.

Por causa dessa perda constante de memória não posso trabalhar. Seria perigoso perder algo importante de alguém, então passava meus dias em casa assistindo ao mesmo filme – nunca me lembrava do final.

Minha vida não era chata. Dúvidas sempre permeavam minha mente. Não sabia se isso tudo pararia um dia. Os médicos não puderam me ajudar. Tomo remédios que meu marido controla à risca, afinal eu poderia morrer se tomasse por conta própria. Muitas vezes quando cozinho acabo me esquecendo de algum ingrediente, ou esqueço que já o adicionei algo e acrescento ainda mais. Meu marido não gosta de minha comida por conta dessas faltas e desses excessos.

Tenho um filho de um ano de idade. Não posso cuidar dele da forma como eu queria, por isso contratamos uma babá. É ela quem faz tudo por ele. Não sou capaz nem de alimentá-lo sozinha, pois poderia fazê-lo comer demais. Sou sempre vigiada por alguém, a babá toma conta tanto de meu filho quanto de mim. Às vezes é estranho, mas aos poucos fui aceitando. Realmente, era bem melhor ter alguém sempre por perto, pois eu poderia acabar me esquecendo de alguma coisa muito importante e causar problemas. Esquecer era o que mais me descrevia. Quando falavam de mim, logo meu problema entrava na conversa, e isso eu queria esquecer. Porém, não é algo que posso controlar.

De vez em quando eu fazia passeios. Não me esquecia do caminho de casa, pois, como eu conhecia a cidade havia muitos anos, minha memória não falhava nessas horas.

Eventos recentes eram um problema, desde coisas bobas até outras muito sérias. Nem sempre fui assim. Começou quando eu estava na faculdade. Não parecia grave, no entanto com o passar dos anos foi piorando. Tenho muito medo de que piore ainda mais, não sei se estou preparada para um futuro no qual me lembrar será uma raridade. Não falo de meus medos para meu marido, ele sabe que sofro muito com tudo isso. Ele não tem ideia do quanto essa situação me machuca por dentro. Costumo chorar, e disso nunca me esqueço – parece que apenas coisas boas escapam da minha mente; tudo o que é ruim está sempre lá me atormentando.

Fui fazer compras. Mesmo preparando uma lista era um pouco complicado. Para não precisar conferir no carrinho cada item colocado lá, eu marcava um xis ao lado das coisas conforme as pegava. Assim pelo menos eu conseguia fazer compras sozinha.

Encontrei uma pessoa no mercado que parecia saber quem sou, mas não a reconheci. A mulher disse que estudamos juntas, mas não me lembro dela. Fiquei bastante assustada, pois meu passado nunca havia sumido dessa forma. Coisas muito antigas sempre estiveram na minha mente, porém, dessa vez, alguém do meu passado havia desaparecido.

Não importava quanto a mulher se esforçava, não conseguia me fazer lembrar. Ela relatou coisas pelas quais seria impossível esquecê-la facilmente. Disse ter me apresentado a meu marido quando eu ainda estava na faculdade. Então larguei o carrinho e saí o mais rápido que pude. Meu passado agora parecia sumir aos poucos, fiquei com muito medo de acabar me esquecendo de que eu tinha um marido. Corri para casa. Quando meu amor chegou cansado do trabalho, não tive coragem de lhe contar o ocorrido. Eu sabia que devia falar com ele a respeito, mas não queria preocupá-lo. Pensei que eu devia começar a alimentar um diário – nunca havia feito isso, pois sabia que me esqueceria de sua existência logo que começasse a escrever. Então bolei um jeito de mantê-lo em minha vida tempo suficiente para não esquecê-lo. No pequeno caderno coloquei tudo de que eu me lembrava. Passei o dia escrevendo, me esqueci do caderno várias vezes, mas escrevi no braço sobre sua existência, e pensei que ali devia colocar uma tatuagem, assim jamais o esqueceria.

Levei meu filho ao parque, estava um dia lindo. Meu marido não gosta que eu saía sozinha com o bebê, mas estava com meu caderno, não havia perigo. Fiquei um tempo vendo pessoas jogando vôlei perto de onde eu estava. Só percebi quão tarde era ao olhar no relógio. Voltei para casa cansada e, quando meu marido chegou, eu lhe disse que com o diário tudo daria certo dali para a frente. Ele sorriu e notou que meu braço estava todo riscado. Olhou em uma das mãos. Uma letra feia quase ilegível, provavelmente escrita às pressas, dizia: "Derrubei meu filho no chão, agora estou procurando ajuda".

BUUH!!

Eu amava assustá-la quando passava perto de minha casa. E, para manter a graça, era sempre em um local diferente. A garota andava depressa, estudava à noite, por isso não perdia tempo andando devagar. Ela passava por lugares não muito movimentados, os caminhos tinham boa iluminação, mas nos cantos escuros era onde eu me escondia para assustá-la. Às vezes eu fazia uns ruídos e depois aparecia do nada. A menina sempre gritava e me xingava de todas as maneiras possíveis. Tentava me bater com sua mochila, mas nunca conseguia me pegar. Meus amigos já me ajudaram várias vezes nessas brincadeiras. Era impagável ver a expressão de terror da garota, seus cabelos longos ficavam todos arrepiados. Eu nunca soube o nome dela, sequer conversei com ela, acho que a oportunidade de fazer amizade passou há muito tempo.

Nunca entendi o motivo de não mudar de caminho. Estava na cara que eu não iria parar de atormentá-la – era muito divertido. Quanto mais ela insistia em passar pela rua de minha casa, mais eu sabia que ela queria ser assustada. Eu pensava só nisso, provavelmente gostava de mim, pelo menos era o que meus amigos me diziam. Ninguém vive algo assim várias vezes sem motivo. Ela era bonita, talvez um dia eu pudesse tentar conversar com ela sem antes assustá-la. Mas era tão divertido ver suas caretas, por isso eu adiava essa conversa a todo momento.

Tinha as pernas finas. De vez em quando eu me agachava no escuro. Ao ver a garota distraída passar, eu agarrava sua canela. Muitas vezes eu a derrubei fazendo isso. Sempre vou para casa dormir logo após assustá-la. Tudo isso é um jeito de poder relaxar, é uma terapia que pretendo manter por anos se me for permitido. Acho que ela me entende. Se gosta mesmo de mim não vai ficar zangada. A escola e minha casa ficavam perto uma da outra. A maioria dos caminhos que davam na escola era meio assustadora à noite. Em alguns havia pessoas fumando e usando drogas. Eu morava em uma parte da cidade considerada pouco segura, então a melhor escolha para chegar em casa naquelas horas da noite era realmente a rua de minha casa.

Lá estava ela. Era sempre pontual. Nunca a perdoei nem em dias chuvosos. Na verdade, era ainda mais divertido. Seus guarda-chuvas já foram levados várias vezes pelo vento, aposto que esse era o terceiro que ela comprava. A chuva não estava tão forte, então nem precisei de uma capa. Sempre fico com medo de a garota faltar à aula nos dias chuvosos, mas ela nunca se ausenta, e isso é perfeito. Lá vinha um guarda-chuva se aproximando cada vez mais do ponto onde eu estava. Os passos eram largos e a batida no asfalto fazia um barulho agradável, pois estava tudo molhado. Minha respiração sempre fica ofegante. Imagino vários jeitos de fazer isso, e as reações são inúmeras também, cada dia tem que ser diferente do outro. Não é legal ficar repetindo a estratégia.

 Decidi que hoje iria puxar seus lindos cabelos negros para trás. Talvez ela caísse. Seria maravilhoso. Já estava tremendo de ansiedade. A expressão do rosto dela ao me ver dando risada é sempre demais: uma mistura de indignação com fúria nos olhos. Não tenho culpa de ela insistir em passar na minha rua. Sabendo o que sempre a espera, ela deveria mudar de caminho para evitar a humilhação de levar um susto. Lembrei que meu celular estava no bolso. Tirei-o e tive a brilhante ideia de filmar. Se tudo corresse bem poderia até fazer um canal no YouTube dedicado a sustos. A garota ficaria famosa e suas caretas seriam registradas na internet para sempre.

 Deixei a câmera ligada, nunca veriam meu rosto, apenas o da garota, assim não poderiam me atacar fisicamente se não gostassem de ver este tipo de brincadeira. Segurei bem firme meu celular, ela já estava quase chegando perto de onde me escondi. Seus cabelos balançavam e ela nem imaginava o que a esperava. Quando ela passou por mim não percebeu minha presença. Deixei-a ir um pouco à frente, então caminhei bem devagar até me aproximar bastante dela. Agarrei com força seus cabelos e os puxei com a maior vontade do mundo. A garota foi para trás com muita velocidade. Ela era leve demais, foi simples derrubá-la no chão. Chutei seu guarda-chuva para o lado, queria uma ótima cena de caretas e palavrões. Quando ela olhou para a câmera, tudo em volta mudou. Meus pelos do braço se arrepiaram, e minha cara de medo se destacou perto da dela.

 Não consigo mais dormir no escuro, e quando chove passo a noite tremendo de medo. Não saio mais de casa quando escurece. Minha janela dá de frente para a rua que a garota sempre percorre. Às vezes eu a vejo passando, nem sempre isso acontece, e toda vez que ela passa faço uma oração, pois na última noite que a assustei seus olhos haviam sumido e na manhã seguinte fiquei sabendo que ela fora assassinada quando saía da escola.

BONITOS CABELOS!

Nunca acreditei em maldições, até agora...
Acordei cedo e percebi que meus cabelos estavam caindo. Foi um choque. Como muitas mulheres, considero os cabelos parte essencial de minha beleza, não aceitaria perdê-los, então fui até a farmácia e comprei alguns produtos para tentar reduzir a queda. No trabalho tudo vinha dando errado, não sei dizer o porquê. Sou costureira, trabalho para uma mulher muito ruim, que vive pegando em meu pé. Quando descobriu que eu havia estragado várias peças de roupa ela ficou louca, nunca a vi tão nervosa. Eu não entendia o motivo de tudo estar saindo tão errado. Minha amiga brincou dizendo que alguém devia ter jogado uma praga em mim, eu ri disso naquele dia.

Não estou conseguindo dormir à noite. Até parei de tomar café, mas mesmo assim o sono não vem. Meus cabelos continuam caindo e agora ando com um boné na cabeça. Minha patroa tirou sarro de mim quando me viu assim. Fiquei com muita raiva dela. Meu marido já não liga tanto para mim, nem o perturbo com essas coisas. Tivemos algumas discussões. Nossa relação anda bem ruim ultimamente. Só o vejo à noite e sequer conversamos. É péssimo estar assim, mas não sei o que fazer.

Às vezes meu marido chega tarde do trabalho. Fico preocupada, sinto que talvez ele possa estar tendo um caso. Mas não lhe pergunto nada, já está tudo bem ruim, e não quero piorar a situação. No trabalho tudo continua dando errado. Estou quase sendo mandada embora. Hoje notei que minhas unhas estão ficando pretas. Parecem estar apodrecendo, fiquei muito assustada. Fui novamente à farmácia, e me indicaram um remédio. Tomei várias vezes, mas tanto a queda de cabelos quanto minhas unhas pretas estão cada vez piores.

"É uma maldição, amiga", "Alguém te jogou uma praga", minha amiga repetia frases como essas o dia todo. Estava quase acreditando nela. Sempre fui muito cética, mas as falhas em meus cabelos e minhas unhas – agora já bem podres – me fizeram cogitar a possibilidade. Era estranho me curvar a esse tipo de coisa. É difícil aceitar a existência de maldições, mas nem mesmo o boné estava encobrindo minha vergonha de estar perdendo cabelos. Procurei saber mais sobre maldições, fiz várias pesquisas e na internet achei uma pessoa interessante. Uma mulher idosa me adicionou em uma rede social, lá conversamos sobre o assunto durante várias horas. Ela disse que me ajudaria, pois lida com esse universo. Disse que eu deveria levar uma lista de objetos, e obviamente me cobrou pelo serviço. Consegui tudo o que a velhinha me pediu e fui ao encontro dela em uma encruzilhada, à meia-noite.

Usava um chapéu mais negro do que a noite. Um véu escuro cobria seu rosto e a voz rouca que lhe saía da boca era de arrepiar os cabelos. Pediu um pedaço de unha e alguns fios de minha cabeça. Obedeci, então ela juntou várias coisas no meio da encruzilhada e disse que estava revertendo todo o mal a quem fizera aquilo comigo, pois o mal não podia ser desfeito por ela, apenas mandado para outra pessoa. Com sua voz rouca, ela me contou que eu não deveria falar disso com ninguém. Tudo deveria ser um segredo e, se eu abrisse minha boca, a maldição voltaria para mim duas vezes mais forte. Concordei com tudo o que a velha falou, então cada uma seguiu seu caminho e nunca mais a contatei.

Meus cabelos começaram a crescer firmes e fortes, minhas unhas nunca foram tão lindas e brilhantes, no trabalho ninguém me vencia na produção e minhas noites nunca foram tão tranquilas como agora.

Meu marido não olha para mim com desejo, faz muito tempo que não trocamos carinhos. Ele chega tarde em casa, o que reforça ainda mais a hipótese de estar tendo um caso, era natural que não mais me olhasse. Se já tivesse outra, não precisaria de mim.

Seu aniversário estava chegando, pensei que deveria fazer uma festa para ele. Talvez com isso pudéssemos finalmente reavivar o nosso casamento e dar a volta por cima. Convidei todos os amigos do trabalho dele. Chamei minha amiga para me ajudar com a arrumação. Fiz todos prometerem guardar segredo, queria surpreendê-lo quando chegasse em casa. Os convidados estavam agora em silêncio, algumas pessoas foram chegando meio atrasadas, e fui as colocando no canto escuro da casa, tudo estava quieto. Ouvimos passos fortes, rápidos, ele não estava chegando tarde dessa vez. Quando abriu a porta e acendeu a luz, gritamos: "Surpresa!". Ele sorriu e isso me encheu de alegria, fazia tempo que não via um sorriso em seu rosto, me enchi de coragem e fui abraçá-lo. Ele me pegou em seus braços e me deu um beijo que fez meu coração disparar. Eu o amava muito, queria vê-lo feliz e consegui.

Depois de um breve discurso, meu marido agradeceu a todos por terem vindo naquela noite. Eu não olhava mais nada, apenas ficava de olho nele. Desejava-o cada vez mais. Queria que a festa terminasse logo para tê-lo apenas para mim. Ele foi ao encontro de uma pessoa e a trouxe para perto, queria que eu a conhecesse. Usava luvas finas e um chapéu vermelho. Uma mulher linda e bem perfumada, não pude deixar de ficar com ciúmes. Meu marido a segurava pelo braço, deixando-me enfurecida. Ela tropeçou e por conta de seu salto enorme foi com tudo para a frente. Meu marido a segurou nos braços e fez meus olhos lacrimejarem de fúria. Ela olhou para mim com um sorriso cínico e lhe agradeceu, pois vi que seu chapéu a havia entregado. Agora estava fora do lugar, e tufos de cabelos faltavam em sua cabeça.

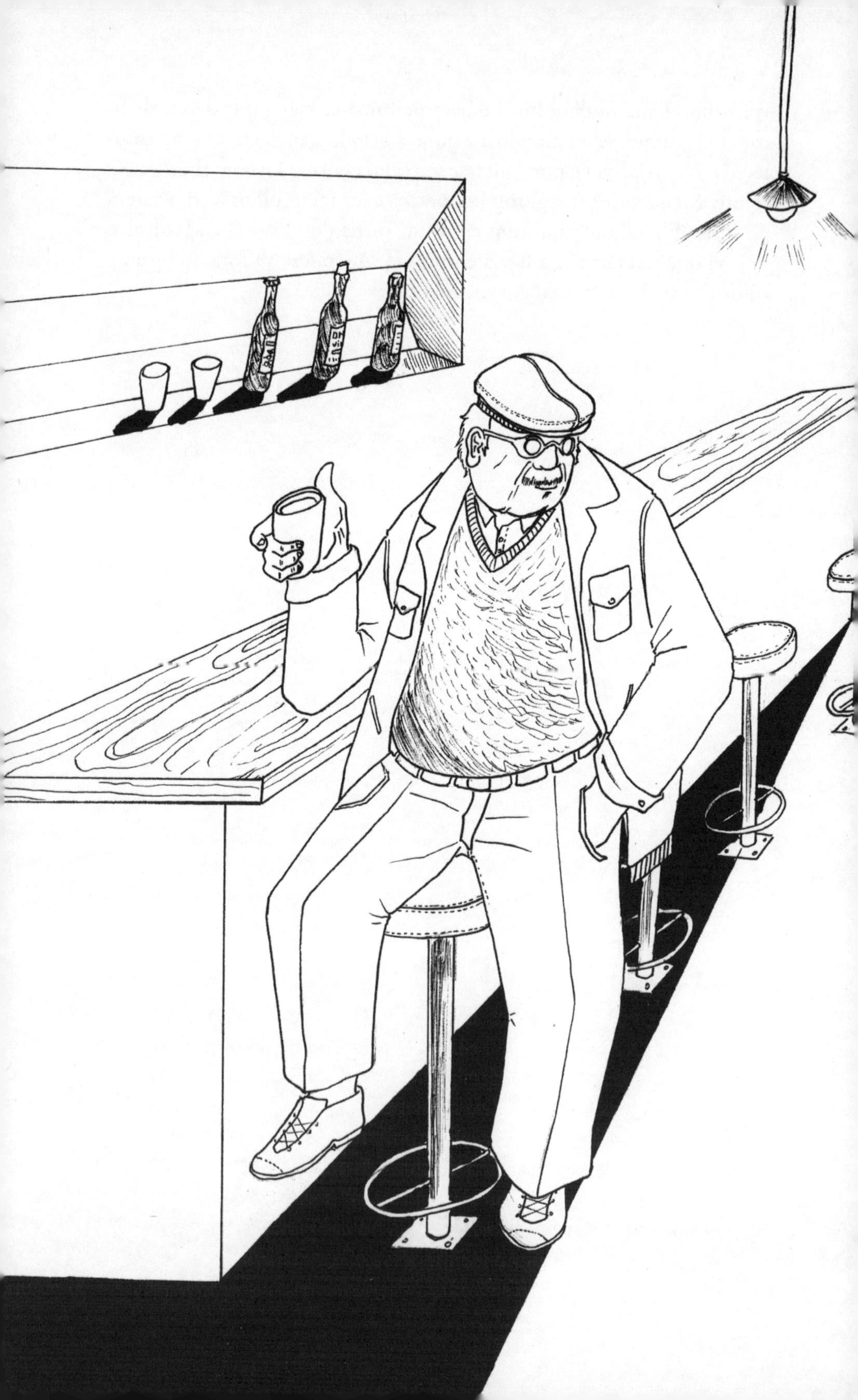

VELHO SOLITÁRIO

Vivo em um bairro bem perigoso. Muitas pessoas já foram assassinadas ali. Trabalho de noite, saio de casa às dez horas e levo trinta minutos para chegar ao serviço. Estou sempre atento, olho para todos os cantos. É sempre bom tomar bastante cuidado em lugares assim. Tenho esposa e dois filhos, preciso trabalhar para sustentá-los. Meu trabalho não é difícil, é bem simples, na verdade. O único problema que vejo é o horário, e não é porque gosto de dormir de noite. Não tenho dificuldade em dormir quando chego em casa, o que realmente me atrapalha é o medo de ir trabalhar. As ruas são sempre vazias, mas se ouvem conversas por todos os lados, pessoas ruins se escondem em becos tramando planos para assaltar quem passa. É complicado transitar todas as noites por pontos onde a qualquer momento posso ser vítima de um assalto ou coisa pior.

Há muito tempo vejo um senhor de idade bem avançada parado perto de um bar. O local fecha tarde, mas quando passo ali já está de portas abaixadas. O velho sempre está lá, um senhor bem-arrumado. Nunca o vi em apuros, então é isso que me mantém calmo ao passar por ali. Se ele não tem problemas, eu também não terei. Era de esperar que quando esfriasse ninguém ficaria fora de casa à noite, mas lá estava o velhinho tremendo de frio. Eu o cumprimentava toda vez, mas nunca passou disso. Fico me perguntando o que faz ali. Não parece ser mendigo, pois está sempre bem-vestido. Deve estar esperando alguém, ou pelo menos era isso que eu pensava quando o via ali parado perto do bar.

As ruas eram escuras, o ar gélido tomava conta de meu peito. Era inevitável tremer bastante. Fazia tempo que não chovia, e períodos de chuva eram péssimos para mim, pois não podia faltar ao trabalho. Cada esquina que eu virava podia ser a última da minha vida. Ninguém fazia nada para tentar parar as pessoas ruins que ali viviam. Era frustrante saber que tudo seria mais simples se as autoridades se importassem mais com os moradores de meu bairro. Não somos pobres, mas também não somos ricos, temos o que comer todos os dias, e isso para mim já basta. Não sei se aguentarei viver em um lugar assim para sempre. Não consigo economizar muito dinheiro. Estou tentando, porém é difícil. Minha situação não me permite sair daquele lugar.

O velho era mais forte e corajoso do que eu jamais serei. Nunca me imaginei fazendo o que ele fazia, ainda mais sozinho. Ele não estava acompanhado nenhuma vez, não sei se tem família ou amigos que se importam com ele, mas como está sempre solitário imagino que deve ser um senhor bem sozinho no mundo. Provavelmente foi abandonado pela família. É difícil acreditar que todos morreram, e em um mundo onde as pessoas ignoram os mais velhos não seria impossível que ele tivesse sido abandonado. Já pensei várias vezes em lhe perguntar se estava precisando de algo. Nunca fiz isso por medo e falta de tempo. Eu poderia sair mais cedo de casa, entretanto talvez um pouco mais cedo houvesse pessoas ruins por ali. Quanto mais rápido eu passasse por tudo aquilo, melhor seria. Devo me preocupar apenas com minha família, não tenho culpa se o velho foi deixado pela sua. Sei que talvez esteja sendo egoísta, mas se eu morrer minha família inteira morrerá também, por isso todo cuidado é pouco.

Saí de casa na mesma hora que estou acostumado. Antes me despedi de minha mulher e dei um beijo nos meus filhos, que já estavam dormindo. Me sentia bem fazendo isso. Quero poder dar tudo o que eles merecem. Sei que ainda terei que lutar muito, mas farei o que for necessário para mantê-los felizes e seguros.

Lá estava eu fazendo várias curvas, virava uma esquina e depois outra, era um zigue-zague até poder chegar ao serviço. Não entendia ao certo como conseguia ter coragem de passar por ali todas as noites, mas sabia que a força de vontade vinha de minha família. Eu tinha todo o apoio deles, poder sustentá-los era para mim uma dádiva, e eu o fazia com um sorriso no rosto, mesmo ali fora no escuro. Saber que eles estavam seguros me dava força para continuar em frente. O bar já estava à vista, o velho que nunca faltou estava da mesma forma de sempre, encostado na parede olhando para a calada da noite. Fui passando perto dele e com um aceno de cabeça o cumprimentei. Olhei para trás e vi que seus olhos seguiam meus passos, então algo que nunca ocorreu antes acabou acontecendo. Uma coragem que veio de outro mundo me fez dar meia-volta e ir em direção ao velho do bar. Meus pés se moviam sozinhos, não andei depressa, mantive o passo firme e devagar. Ele me olhava nos olhos sem expressão no rosto. Tremia de frio. Acabei ficando com dó dele, pois eu estava bem agasalhado com um casaco quente.

— Boa noite. O senhor precisa de alguma coisa? — perguntei assim que me aproximei do velho.

— Não, senhor. Estou bem, obrigado! — disse tremendo, até pensei que fosse sarcasmo.

— Sabe que este lugar é perigoso? Não devia ficar aqui, podem te fazer algum mal.
— Mais mal faz o frio, pois mesmo depois que morri ainda insiste em me perturbar!

UM PRESENTE INESQUECÍVEL

Eu a conheci em uma festa na faculdade. Começamos a bater papo, e nossa conversa durou horas. Foi a primeira vez que encontrei uma garota como ela. Não pela aparência, que nesse caso também era muito diferente da beleza das outras, mas por sua personalidade. Era tão brincalhona que eu me sentia em uma roda de amigos conversando sobre besteiras do dia a dia. Apaixonei-me quase que imediatamente por ela, e ela também se apaixonou por mim.

Fui até a casa de Bruna pedi-la em namoro. Sei que quase ninguém mais faz isso, no entanto falei com seus pais para ter o consentimento deles. Acho que gostaram de mim, me trataram muito bem, me senti em família conversando com eles. Assim como Bruna, também eram bem descontraídos. Saíamos todo fim de semana, trocávamos ideias sobre os mais diversos assuntos e acho que todo casal um dia acaba falando de relacionamentos passados. Tanto eu quanto ela havíamos namorado muito, mas no meu caso eu não considerava namoro. Ela tinha se relacionado com outros três caras, e contou que nenhum deles quis ficar com ela por mais de um ano. Isso me incomodou um pouco, não porque achei que ela fosse chata ou coisa assim, muito pelo contrário, tudo isso significava que a maioria dos homens só namora para conseguir sexo. Ela afirmou não ter ido para a cama com nenhum deles, então imaginei que esse havia sido o motivo dos términos.

É impagável poder conversar com alguém que você ama sobre qualquer coisa. Nem todos que se relacionam dessa forma se sentem à vontade para falar sobre tudo. Isso não acontecia com a gente. Além de namorados, éramos grandes amigos, e isso é muito importante no namoro – algo que se perdeu um pouco ao longo das gerações. As pessoas não conversam mais, namoram para passar o tempo, já pensando no próximo relacionamento.

Bruna era um amor. Ao seu lado eu me sentia feliz e completo. Devido ao seu jeito descontraído, dávamos boas risadas de todo tipo de bobagem. Estar perto dela era sempre divertido.

Eu nunca comemorei o Dia dos Namorados. Não havia namorado sério por tanto tempo. Bruna foi a única que conseguiu me conquistar apenas com seu carisma. Ela era linda, gostava de usar um laço nos cabelos, suas roupas eram sempre bem-comportadas, mas conseguia ser sexy sem ser vulgar, o que hoje em dia é raro. Não sabia se ela daria algum presente, mas eu queria fazer algo especial para ela – eu amava vê-la sorrindo, suas covinhas faziam meu dia mais feliz. Faltavam poucos dias para o tão esperado Dia dos Namorados. Achei melhor não tocar no assunto, pois eu queria lhe fazer uma surpresa, mesmo que ela não me desse nada não haveria problema, tudo seria feito apenas para ela.

Localizei um bom restaurante, fiz reserva para dois e disse que queria sair com ela na sexta. Acho que Bruna também preparou alguma coisa, pois ficou meio animada. Eu não havia lhe dado um anel de compromisso, estávamos juntos havia três meses. Não poderia pedi-la em casamento naquele momento. Ainda que eu quisesse, senti que não era a hora, então resolvi lhe dar um anel de namoro mesmo. Pedido de casamento precisava ser feito em um dia aleatório, pois queria pegá-la totalmente de surpresa.

Pensei que apenas um jantar e um anel seriam pouco. Então, antes de sairmos para comemorar nosso namoro, dei-lhe um lindo buquê de rosas. Ele veio acompanhado de um ursinho de pelúcia que ela amava e os bombons preferidos dela. Chegamos ao restaurante e depois de comermos lhe entreguei o anel. Nunca a vi tão radiante. Mesmo que não fosse um pedido de casamento, consegui fazê-la chorar de emoção. Bruna disse que havia preparado algo para mim também. Disse ser uma surpresa, mas eu já imaginava que ela estava tramando alguma coisa, pois falou sobre sexta-feira ser um dia especial para ela. Mostrou-me uma chave e disse que eu deveria levá-la a um lugar para, assim, poder me presentear. Confesso que imaginei que ela estivesse se referindo à nossa primeira vez. Fiquei ao mesmo tempo animado e nervoso, pois nunca tinha feito isso antes, e não queria estragar tudo. Paramos em uma cabana no meio da estrada, ela falou que seu pai havia lhe dado aquele espaço para quando ela quisesse passar um tempo na natureza. Achei meio absurdo uma garota ficar sozinha em um lugar como aquele. Poderia ser perigoso, então lhe pedi para não passar a noite ali sozinha. Se quisesse, eu ficaria feliz em estar ao seu lado, pois queria protegê-la caso alguém ruim aparecesse. Bruna mostrou-se feliz quando eu lhe disse isso, o que foi bom. Tive medo de ela achar que eu a via como uma garota fraca, o que não seria verdade – sinto que qualquer pessoa sozinha de noite em uma cabana poderia ter algum problema se alguém aparecesse para lhe fazer algum mal.

A cabana era aconchegante. Dentro havia todo tipo de conforto que eu não esperava encontrar. Era bem-arrumada e tinha um aroma ótimo. Bruna me beijou intensamente, acho que foi diferente de todas as outras vezes. Arrepiei-me com seu abraço apertado. Ela me olhou nos olhos e me mostrou a chave de antes. Moveu um tapete no chão usando apenas os pés e, quando olhei, vi que tinha um alçapão no chão. Peguei a chave e o abri. Ela me deu uma lanterna e juntos descemos lá para dentro. O lugar era muito escuro, não parecia ter muita coisa. Bruna segurou meu braço e apontou a lanterna para um canto do local. Dei um grito que nunca imaginei na vida. Meus olhos se arregalaram tanto que os senti saindo de meu rosto. Bruna me deu um abraço forte e em meu ouvido sussurrou: "É o que vai acontecer com você se também me deixar", e então me puxou para fora do local, onde havia três corpos putrificados e pregados na parede.

EU NÃO ME ENTENDO

Vivo tendo sensações estranhas. Às vezes me sinto em outro lugar. Nem sempre parece que tudo está como devia. Ao andar pela calçada de manhã avistei um pedaço de papel voando, parecia dinheiro. O ar estava diferente nessa hora, o tempo havia mudado, de um dia ensolarado passou para nublado, e a nota de cinco cruzados no chão sumira do nada, assim como as nuvens carregadas no céu. Eventos assim são normais em minha vida: até quando estou dormindo, muitas vezes escuto passos e conversas na cozinha e em outras partes da casa. Minha mãe e meu pai dizem que nunca ouviram nada, mas perdi o sono várias vezes por conta de tudo isso. É péssimo quando não acreditam no que vemos ou ouvimos. Como não posso provar nada, serei considerada uma garota louca ou mentirosa.

Com quinze anos um indivíduo não tem muita credibilidade. É difícil levarem você a sério. Não sou uma garota problemática, e mesmo assim é complicado convencer as pessoas, mesmo eu nunca tendo mentido para ninguém. Na escola me acham maluca, vejo coisas que ninguém mais vê, poderia ser algum tipo de dom. Conseguir ver e ouvir gente que não existe aos olhos dos outros. Às vezes tenho sensações diferentes na sala de aula. Sinto como se estivesse sendo vigiada por algo, mas quando percebo sou eu que estou vigiando alguma coisa. Os odores mudam constantemente no meu dia a dia, o aroma de produtos de limpeza se transforma em podridão, e do nada, como se nunca tivesse mudado, volta a ser aquele aroma de antes. Sinto que estou indo de encontro a algo desconhecido. Ninguém pode me entender quando nem mesmo eu me entendo.

Fiz várias pesquisas sobre eventos paranormais. Aprendi muito, mas creio que não haja nada a fazer para evitar tudo isso. Descobri em livros e páginas da internet que existem no mundo pessoas diferentes das outras, capazes de se ligar ao sobrenatural de forma muito mais intensa. Imaginei que esse poderia ser o meu caso, afinal de contas, tudo o que vejo e escuto, os próprios cheiros estranhos, está somente em minha percepção. Então, se não for a loucura tomando conta de mim, provavelmente será algum tipo de dom que consegui adquirir por alguma razão desconhecida.

No meu aniversário de dezesseis anos fui visitar minhas tias. Ganhei delas um lindo vestido vermelho e o coloquei antes de ir embora. No caminho de volta para casa ouvi passos largos vindo por trás de mim, já passava das oito da noite. Estava meio escuro, os passos ficaram mais intensos. Então olhei para trás e vi uma senhora, devia ter em torno de cinquenta anos. Estava assustada, corria em minha direção e gritava coisas sem sentido: "É você, é você. Agora entendi, vou te explicar tudo". Corri com todas as minhas forças, ela fez careta e apertou o passo junto comigo: "Sua idiota, só eu posso te ajudar". A senhora tropeçou em um tronco no chão e caiu com um baque tremendo. Parei de correr e ao olhar novamente não a encontrei mais. Esses eventos estranhos estavam me enlouquecendo. Talvez ela fosse uma pessoa já falecida, e foi a única capaz de perceber que eu conseguia vê-la.

Talvez eu devesse ter dado uma chance à senhora estranha que me perseguiu. Ela disse saber o que estava havendo. Talvez fosse uma médium quando estava viva, por isso me entendia. Não falei sobre ela com ninguém. Sabia perfeitamente que, além de não acreditarem em mim, poderiam até me levar para um hospital psiquiátrico. Já não acreditava mais que estava maluca. Entendi que podia, sim, ver pessoas mortas, e que talvez conseguisse me comunicar com elas, assim como aconteceu com aquela senhora. Decidi fazer um teste em casa. À noite, quando todos dormiam, fiquei atenta a movimentos estranhos ou vozes vindas de fora do meu quarto. Esperei algumas horas e finalmente aconteceu. Um homem falava sobre dinheiro com uma mulher, talvez fossem casados. Decidi me levantar da cama bem devagar, não fiz nenhum barulho e, andando até a porta, percebi que tinha mais alguém ali. Abri a porta com cuidado e vi meu pai tomando água em um copo de plástico. Ao seu lado um casal conversava de maneira natural, nem meu pai nem o casal conseguiam se ver. Eu tinha que esperar até que meu pai saísse dali. Se eu tentasse algo, ele me acharia maluca. Depois do segundo copo d'água ele fechou a geladeira e seguiu em direção ao seu quarto, o vi fechando a porta e nesse momento caminhei devagar até a cozinha. O casal conversava agora sobre o quanto era caro ter filhos, e sobre esperar alguns anos para tentarem engravidar. Eu os chamei baixinho, e a mulher pareceu se arrepiar. Olhou em minha direção, mas não conseguia me ver, então interrompeu o marido e ficou me encarando. Perguntei se estava me vendo e nesse momento tanto a mulher quanto o homem saíram correndo, os dois gritaram intensamente e sumiram no ar, que ficou diferente de novo.

Desisti de tentar me entender. Aceitei que eu via coisas e que talvez pudesse mesmo estar ficando louca. Envelheci sozinha em uma casa que ninguém visitava. Os eventos nunca pararam. Fui entender o que estava acontecendo apenas quando andava na rua em um dia de sol intenso e vi tudo escurecer de repente. Assustei-me ao avistar algo vermelho movendo-se em minha frente. Corri e gritei: "É você, é você. Agora entendi, vou te explicar tudo". Mas minha versão mais jovem estava com muito medo para parar de correr.

BANHO DE CASAMENTO

Eu e minhas duas irmãs sempre fomos bem unidas. Temos diferenças de poucos anos de idade. Nunca namoramos. Enfrentamos juntas a fase em que a maioria das garotas fica com os garotos. Nosso pai é controlador. A única vez que tentei conversar com um menino passei quase um dia todo apanhando. Sou a do meio, tenho dezesseis anos. A mais velha tem dezessete e a mais nova, catorze. Nenhuma de minhas irmãs ousou ir contra as regras de nosso pai. Minha mãe o apoia, diz que garotas boas só fazem amizade com homens depois dos vinte e cinco anos – seria uma jornada considerável ter que esperar tantos anos até poder encontrar alguém para amar.

Meus pais não nos deixam sair depois da escola. Ficamos o dia todo limpando a casa e quando sobra algum tempo assistimos à TV. Nossas colegas de classe sempre falam de garotos, às vezes finjo saber de tudo que elas falam e invento histórias para não ficar de fora da conversa. Minhas irmãs fazem o mesmo, principalmente a mais velha, pois sofre uma pressão ainda maior por nunca ter beijado ninguém na boca. Festas eram um sonho de consumo que nós três compartilhávamos. Prometemos que, quando finalmente pudéssemos namorar, iríamos dar festas todos os fins de semana. Promessas bobas de garotas solitárias nunca são levadas a sério, nem por elas próprias. Sabíamos que mesmo quando fôssemos mais velhas nosso pai continuaria nos controlando. Uma vida assim não valia a pena.

Quando minha irmã mais nova completou vinte e cinco anos, ela já sabia que não teria regalias, pois nenhuma das outras duas teve. Eu já estava velha demais para viver dessa forma, apesar de ter me acostumado a ver todas as minhas amigas se casando enquanto eu, já adulta, ficava presa em casa. Era muito frustrante. Justiça não existia. Sabíamos perfeitamente que nossos pais estavam tentando nos fazer viver para sempre à sua sombra, queriam que nós três cuidássemos deles na velhice, ou seja, desde o início esse fora o objetivo. Era absurdo, porém não havia mais como aguentar tudo aquilo.

Minha irmã mais nova me falou sobre uma bruxa que morava não muito longe de nossa casa. Disse também que se encontrava com ela de noite quando ninguém mais estava acordado. Seu segredo me arrepiou. Perguntei-lhe o porquê dos encontros, e ela respondeu que não viveria mais daquela forma. A velha bruxa estava preparando uma espécie de ritual cuja finalidade era fazer com que minha irmã pudesse se casar. Não tive dúvidas naquele momento, era o que eu faria também. Chamamos nossa irmã mais velha e, juntas, saímos de noite às escondidas. Se meu pai descobrisse, apanharíamos bastante. Ele não se importava com nossa idade, nos tratava como crianças desobedientes.

A velha vivia em uma casa adornada com estátuas de santos e criaturas demoníacas feitas de pedra. O lugar cheirava a vela derretida. Entramos sem bater, a bruxa já nos esperava. Fomos conduzidas a uma sala com um bode preto, a velha o matou com violência e invocou uma entidade que fez meus cabelos se arrepiarem. O cheiro de podridão tomou conta do lugar. A criatura falou que em troca do casamento deveríamos nos banhar em água salgada em sua homenagem. Não sabíamos como faríamos isso, pois não tínhamos permissão para ir até a praia. Então, como não fomos descobertas da primeira vez, resolvemos fazer tudo isso de noite novamente.

A praia estava deserta, nos lavamos na água por quase uma hora inteira e voltamos para casa logo em seguida. Minha irmã mais velha foi a primeira a se casar. Meu pai tentou destruir o relacionamento dela, mas fracassou. Ela viajou para longe e se livrou dele. Casei-me logo em seguida, nem pensei duas vezes, saí daquela cidade para nunca mais voltar. Acredito que minha irmã mais nova deve ter conseguido se casar também. Não tenho contato com mais ninguém da minha família. Resolvi que era melhor assim, seria uma vida nova.

Meu marido é um amor de pessoa, trabalha e cuida de mim. Mantenho a casa sempre em ordem e lhe dou carinho quando chega do trabalho. Vivemos dois anos muito felizes, nunca lhe contei sobre a noite em que eu e minhas irmãs participamos daquele ritual macabro. Acho que ele não entenderia o desespero que sentíamos por viver em um mundo isolado de todos.

Aconteceu algo triste e inesperado recentemente. Recebi uma ligação de minha irmã mais nova. Parece que a mais velha fora assassinada, o corpo foi encontrado em decomposição em sua casa. Chorei como nunca. Não pude evitar as lágrimas. Nem meu pai havia conseguido arrancar tantas de mim com suas surras.

Meu marido ficou horrorizado. Faltou ao trabalho e passou o dia ao meu lado – eu precisava disso, não queria ficar sozinha. Fomos para a cama e ficamos abraçados por algum tempo. Peguei no sono e sonhei que estava sendo sufocada. Acordei assustada e vi que meu marido apertava meu pescoço. Seus olhos não eram os mesmos, e a fúria em sua face queria minha destruição. Ele largou meu pescoço e começou a me dar tapas. Gritei, mas a cada grito os golpes ficavam mais fortes. Comecei a chorar e lhe implorar que parasse, então, com um sorriso no rosto ele puxou uma faca de serra.

— Hoje vim lhe dar o banho que você me deve em minha homenagem. Pode começar a chorar, pois só vou parar quando suas lágrimas cobrirem seu corpo inteiro — disse enquanto me furava com a faca de serra.

MUDANDO DE VIDA

A versão do marido

Havíamos nos mudado para um novo apartamento. O dono de nossa antiga casa era um pai de santo que vivia nos atormentando, por isso deixamos o imóvel. Agora eu tinha um emprego bom e podia pagar algo melhor para viver ao lado de minha esposa. Eu via aquele homem com muita frequência, já o peguei várias vezes olhando para minha mulher. Na época não podia fazer nada, sequer contei a ela. Não queria deixá-la assustada. Lutei para conseguir sair daquele lugar e, quando a oportunidade apareceu, não a deixei passar. A vida aqui começou há pouco tempo. Conseguimos nos estabelecer muito bem. Minha esposa ficou aliviada ao sair de lá, imagino que ela tenha notado as intenções do dono da antiga casa.

Não tínhamos tantas coisas em nosso apartamento. A maioria ficou na casa antiga. Resolvemos partir do zero outra vez, seria um grande recomeço. Providenciamos o necessário para sobreviver. Aos poucos comprei alguns móveis. Sei que até o fim do ano consigo deixar tudo muito bem mobiliado. Quando estou sozinho em casa, às vezes sinto que tem alguém me observando. Minha esposa já disse sentir o mesmo. É estranho. Fico procurando em toda parte, mas não encontro nada. A sensação nunca vai embora. Quando minha mulher está comigo tudo muda, ou talvez eu apenas não saiba distinguir a diferença entre a presença dela e a de alguma outra coisa.

Não gostava de ficar sozinho em casa, mas precisei ficar enquanto minha mulher ia ao mercado. Não a acompanhei porque as panelas estavam no fogo. Não poderíamos deixar tudo aquilo sozinho, o tempo lá fora estava chuvoso, ventava bastante e mesmo que ela tivesse ido de carro fiquei preocupado com sua segurança. A sensação ruim não demorou para aparecer. Observei todos os cantos ao redor, procurava por algo desconhecido que talvez nem existisse fora de minha imaginação. Tentei me acalmar, logo minha mulher voltaria para perto de mim. Passados cerca de dez minutos, ouvi batidas estranhas na porta. Caminhei até lá com um frio enorme na espinha. Olhei pelo olho mágico e vi que era minha esposa. Estava com os cabelos molhados e as roupas rasgadas. Ouvia sua respiração, era estranha, parecia mais um ronco. Olhava apenas para o chão. Sangue saía de seus braços machucados. Entrei em desespero e quando fui abrir a porta meu celular tocou. Fiquei paralisado por cinco minutos, pois o toque da chamada era o do celular de minha mulher.

A versão da mulher

Nosso novo apartamento era lindo. Não tinha muitas coisas, mas eu amava tudo o que havíamos conquistado juntos.

Não posso negar que fora difícil para mim sair da nossa antiga casa. Sei que meu marido ficaria arrasado se soubesse que eu mantinha relações sexuais com o dono do imóvel. Ele me dava presentes em troca de tudo o que fazíamos na cama, coisas que deixei para trás em honra ao meu casamento. Fui ameaçada de morte várias vezes por aquele pai de santo. Ele dizia que se eu saísse da casa iria me amaldiçoar, por isso resisti o quanto pude. Meu marido estava decidido a ir embora dali. Eu entendi sua situação. Finalmente tínhamos condições de melhorar de vida, mas meu medo de acabar morta era muito grande. Não havia desculpas para me manter naquela casa, e a verdade acabaria com meu casamento, então aceitei minha sentença e torci para que tudo desse certo.

Meu marido está feliz. Vê-lo finalmente com um grande sorriso no rosto fazia eu me sentir melhor, mas eu vivia com medo. Quando estava sozinha em casa, vultos passavam por mim, não conseguia ver com clareza o que era, entretanto sabia que coisa boa não podia ser. Meu marido apenas sente que há algo em nosso apartamento. Não lhe contei sobre os vultos, mas disse que também tinha as mesmas sensações que ele. Estava claro que tudo isso vinha daquele pai de santo. Não adiantaria ir embora dali, pois o que quer que fosse nos acompanharia a qualquer lugar para onde nos mudássemos. Eu não conseguia ficar sozinha em casa de maneira nenhuma.

Hoje quando começou a chover forte os vultos ficaram mais frequentes. As panelas estavam todas no fogo, fingi precisar de algo e saí dali o mais depressa possível. Meu marido também não gosta de ficar sozinho, mas ele não vê o que eu vejo, então não vai sentir o mesmo medo que sinto. A chuva estava intensa, e não havia carros nas ruas. Não ia voltar tão cedo para casa. Comecei a chorar, pois não via nada que me tirasse dessa situação.

Eu não estava dirigindo rápido, mas capotei porque um vulto passou em minha frente e, quando tentei desviar, uma força enorme jogou o veículo para a lateral. Foi tão violenta que o carro rolou alguns metros para o lado. Bati a cabeça e machuquei meu braço. A chuva tomou conta de tudo, pois os vidros estavam destruídos. A dor, o frio e o medo eram minha maior companhia. Com muita dificuldade alcancei meu celular e liguei para meu marido. Chamou por vários minutos, fiquei com medo de algo ter acontecido a ele. Quando finalmente atendeu, a voz que saía do celular parecia rouca e tenebrosa: "Fique tranquila, amor, ele já está indo te buscar". Desliguei o telefone enquanto duas patas negras e grandes de cabra vinham em direção ao carro.

CIDADE VELHA

Na cidade todos me chamam de Dona Morte, isso porque enterrei cinco maridos. Não conseguia viver sozinha a cada vez que perdia um deles, então em menos de um ano sempre ficava noiva de outro. Estou com oitenta e cinco anos. Meu corpo já não é o mesmo. Meu último marido faleceu há poucos dias. Chorei como um bebê quando ele se foi. Era natural o que eu sentia, e amei intensamente cada homem que passou em minha vida. Não queria pessoas por perto para me consolar, fico sempre sozinha, mas sou bem sociável com todos que falam comigo na rua. As crianças correm de mim, ficam gritando "A morte veio nos pegar". Não gosto nenhum pouco disso. Quando chegamos à velhice queremos paz e sossego, coisas que nunca tenho. Não odeio crianças, pois não posso ter filhos, então elas são um sonho em minha vida, não as culpo por terem medo de mim. Fui criança e sei como elas são.

A maior parte da população de minha cidade é idosa. Se alguém quiser namorar deve ir para outro lugar. Aqui não há muitas opções. Sou uma idosa que se mistura com todos os outros de sua idade. Não preciso de tantos cuidados como muitos por aí, mas sei que a idade um dia poderia torná-los necessários. Era estranho às vezes, a maioria dos que não eram velhos tinha no máximo dez anos de idade. Poucos adolescentes viviam ali, mas com o número de crianças aumentando logo teríamos vários ocupando o lugar de todas elas.

Não me arrependo de nada em minha vida. Todos sempre fazem coisas que não deviam. Não sou melhor do que ninguém, mas minhas escolhas me trouxeram coisas muito boas. Minha casa é grande e bastante luxuosa, não tenho problemas com dinheiro. É claro que tudo veio de meus falecidos maridos. O fruto de meus casamentos já tinha sido colhido, agora era só desfrutá-lo. Sinto falta de todos aqueles homens que já amei. Se pudesse tê-los de volta, com toda certeza eu os teria. É claro que amei uns mais do que outros, mas ainda assim todos eles eram importantes para mim. Sempre soube escolher os melhores homens para cuidar de mim.

Jonas era um adolescente muito prestativo. Não me chamava de Dona Morte e me tratava muito bem. Era como um filho que nunca

tive e nunca poderei ter. Sempre me ajudava com meu jardim e eu o recompensava com bastante dinheiro. Ele vinha de uma família humilde e batalhadora, fazia trabalhos por toda a cidade, e acho que eu era a única que realmente o recompensava direito por seus serviços. Ninguém ali dava tanta bola para o garoto. Ele trabalhava duro e mesmo assim ganhava migalhas. Visitei várias vezes sua família e propus que Jonas viesse sempre à minha casa fazer alguns trabalhos para mim. Garanti que ele seria muito bem recompensado, pois eu valorizava seu esforço e sua dedicação.

 O Halloween estava quase chegando. Pedi a Jonas que comprasse doces, abóboras e mais algumas coisas para enfeitar minha casa. Todo ano costumo fazer isso, mas desta vez faria algo um pouco maior do que de costume. Com a ajuda de Jonas preparei toda a casa, deixei-a linda e tenebrosa aos olhos de todos que por ali passassem. Jonas não me viu injetando um líquido com uma seringa em cada um dos doces, se visse jamais iria me ajudar a distribuí-los. Pedi-lhe que fosse às ruas da cidade e os desse a várias crianças, queria que todas elas pudessem provar. Não demorou muito e Jonas retornou para pegar mais doces. Enchi sua sacola e ele voltou para as ruas.

 As crianças que passavam por minha casa sabiam que meus doces eram os melhores da cidade, então paravam em minha porta e tocavam a campainha. Eu me vestia de morte todos os anos, elas amavam e temiam minha presença. Sabiam que se fossem boazinhas naquele dia iriam ganhar uma sacola cheia de doces para comerem sozinhas. Não deixava nenhuma passar vontade, mostrava-lhes uma cesta enorme de todos os tipos de doces que elas poderiam imaginar. Seus olhos saltavam tamanha alegria e surpresa. Os pais que as acompanhavam davam risadas, pois as crianças enchiam seus bolsos de balas e chocolates. Jonas dizia que toda vez que saía não conseguia ir tão longe, pois as crianças sabiam que ele estava distribuindo meus doces e logo o cercavam para conseguir algum.

 A noite se encerrou comigo pagando generosamente a Jonas por toda sua dedicação. Nos despedimos e fui dormir. Foi um belo sono que me acompanhou naquela noite. Já havia dormido daquela forma várias vezes, mas sempre esquecia o quanto era bom. Os anos se passaram e as crianças já eram adultas. Ninguém nunca notou que não era possível envelhecer tanto em apenas três anos. As crianças que agora eram adultas tinham filhos pequenos que corriam e brincavam nas ruas. Eles me ignoravam como qualquer criança fazia, pois não havia motivos para incomodar uma jovem garota que passeava com seu namorado Jonas todas as manhãs, e o que ele sabia de mim era que eu recebera a herança de Dona Morte por ser neta dela. Eu o amava, e há três anos fingi que morri para ficar com ele.

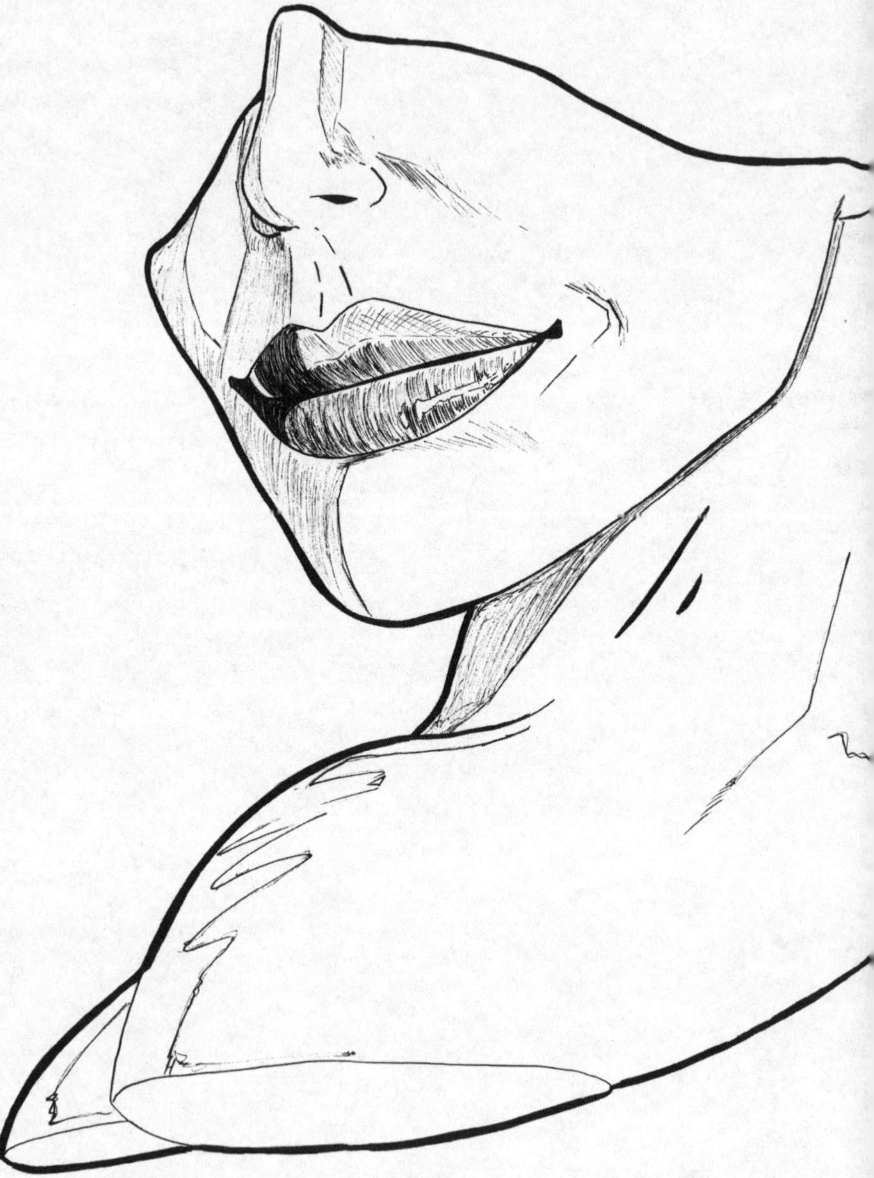

OS OPOSTOS NÃO SE ATRAEM

Não sou de me relacionar com ninguém. Passo meus dias fazendo o que todo mundo faz. Saio de casa cedo para trabalhar, volto tarde e na maior parte do tempo fico em casa. Não tenho amigos. Nas poucas vezes que saio tento ao máximo retornar logo para casa, não sinto que devo ficar muito tempo na rua. Sou um homem de trinta anos e não me casei. Quando alguém pergunta o motivo, simplesmente digo o que todo mundo costuma dizer: ainda não encontrei a mulher certa. Essa resposta geralmente funciona, mas sempre tem aqueles que são curiosos o suficiente para me atormentar com o assunto ainda mais. Eu não tinha o hábito de ir a festas noturnas, mas fui obrigado a fazer isso todo fim de semana. Meus colegas de trabalho diziam que alguém da minha idade devia sair mais para lugares assim, então foi o que fiz.

Em uma das baladas a que me obriguei a ir, encontrei uma mulher sozinha em um canto. Ela estava vestida de vermelho e olhava de forma sedutora para alguns rapazes que estavam no bar do local. Seu batom também era vermelho e brilhava por conta das luzes. Muitos tocam suas vidas e apenas se casam para não morrerem sozinhos. Quando eu a vi, senti que de alguma forma ela seria a mulher certa para mim. Aproximei-me e apresentei-me. Sua voz era doce e ela escolhia cada palavra com cuidado ao falar comigo. Era metódica, eu achava isso muito sensual. Ofereci-lhe uma bebida e juntos fomos até o bar. Ela sorria para mim com muito desejo nos olhos. Retribuí com um sorriso igualmente desejoso. Não sei se ela sentiu o mesmo que eu, pessoas como nós não costumam se encontrar assim. Fora o destino que nos apresentou, eu tinha que ficar com ela.

Alessandra era um mistério para olhos que não sabiam onde olhar. Eu a entendia, e queria provar isso. Consegui o número de seu telefone na festa e ficamos em contato. Ela sabia manter aquele clima e me fazer querer conhecê-la cada vez mais. Era hora de descobrir quem ela realmente era. Então descobri seu endereço e a segui várias vezes. Ela gostava muito de festas. Mal parava em casa. Deixei minha rotina noturna de lado por um tempo e me dediquei a entender a dela. Morava em uma casa pequena com a avó, de idade muito avançada. Trabalhava em uma loja como vendedora, e soube que era imbatível nas vendas. Talvez ninguém a visse da forma maravilhosa que ela devia ser vista.

Éramos muito parecidos, mas a perfeição que nos igualava não podia ser notada por ninguém. As pessoas não percebiam o que estava à sua frente, apenas o que lhes convinha. Sem dúvida, diriam que eu e Alessandra éramos os seres mais diferentes do mundo.

Eu precisava chamar sua atenção. Então descobri que um de meus colegas de trabalho estava tentando ficar com ela. O plano perfeito me veio à mente. Fui até uma garota que trabalhava conosco e a chamei para sair. Ela aceitou, como eu já previa, e insisti para que meu colega aceitasse sair conosco em um encontro de casal. Ele disse que tentaria convencer Alessandra a aceitar. Quando finalmente tudo estava certo, marcamos a data e reservamos lugares em um ótimo restaurante. Enquanto o dia não chegava decidi retomar minha vida normal, já era hora, pois estava ficando entediado com tudo aquilo, e sabia que logo Alessandra e eu ficaríamos juntos.

A grande noite chegou como um relâmpago. Eu me arrumei adequadamente e sabia que ela faria o mesmo. Nos encontramos no restaurante e cada um sentou perto de seu par. Meus olhos cruzaram várias vezes com os dela, mas senti que a mulher de sorriso vibrante ainda não tinha entendido. Não podíamos conversar livremente na presença de nossos pares. Então decidi esperar até nosso encontro terminar. Tentei várias vezes lhe mandar recados apenas com sorrisos considerados inocentes a todos à nossa volta. Eu não poderia estar enganado sobre ela, mas quando fiz minha última tentativa percebi que ela havia entendido. Meus olhos estavam fixos nos dela, e nossos olhares estavam em chamas. Nossos pares não viam o que vimos um no outro, por isso não poderíamos ficar com mais ninguém.

Meu plano corria muito bem. Após o jantar entramos os quatro em um táxi para voltarmos para casa. Quando passávamos por uma rua deserta olhei de relance para Alessandra e, com um golpe rápido, ela fez um corte no pescoço do taxista usando apenas uma lixa de unha. Nossos pares gritaram e, enquanto eu sufocava a garota que me acompanhava, Alessandra apunhalava meu colega de trabalho várias vezes até matá-lo. Após essa cena, considerada violenta por qualquer um que morreu ali, nos olhamos por um tempo, o sangue espalhado no carro adornava o momento que nos uniria para sempre. Dizem que os opostos se atraem. Nunca acreditei nisso, ninguém pode encontrar sua alma gêmea e saber exatamente que a encontrou. Como se reconhece alguém assim? Apenas sei que psicopatas reconhecem outros psicopatas. Basta um sorriso e um olhar para saberem que nasceram um para o outro.

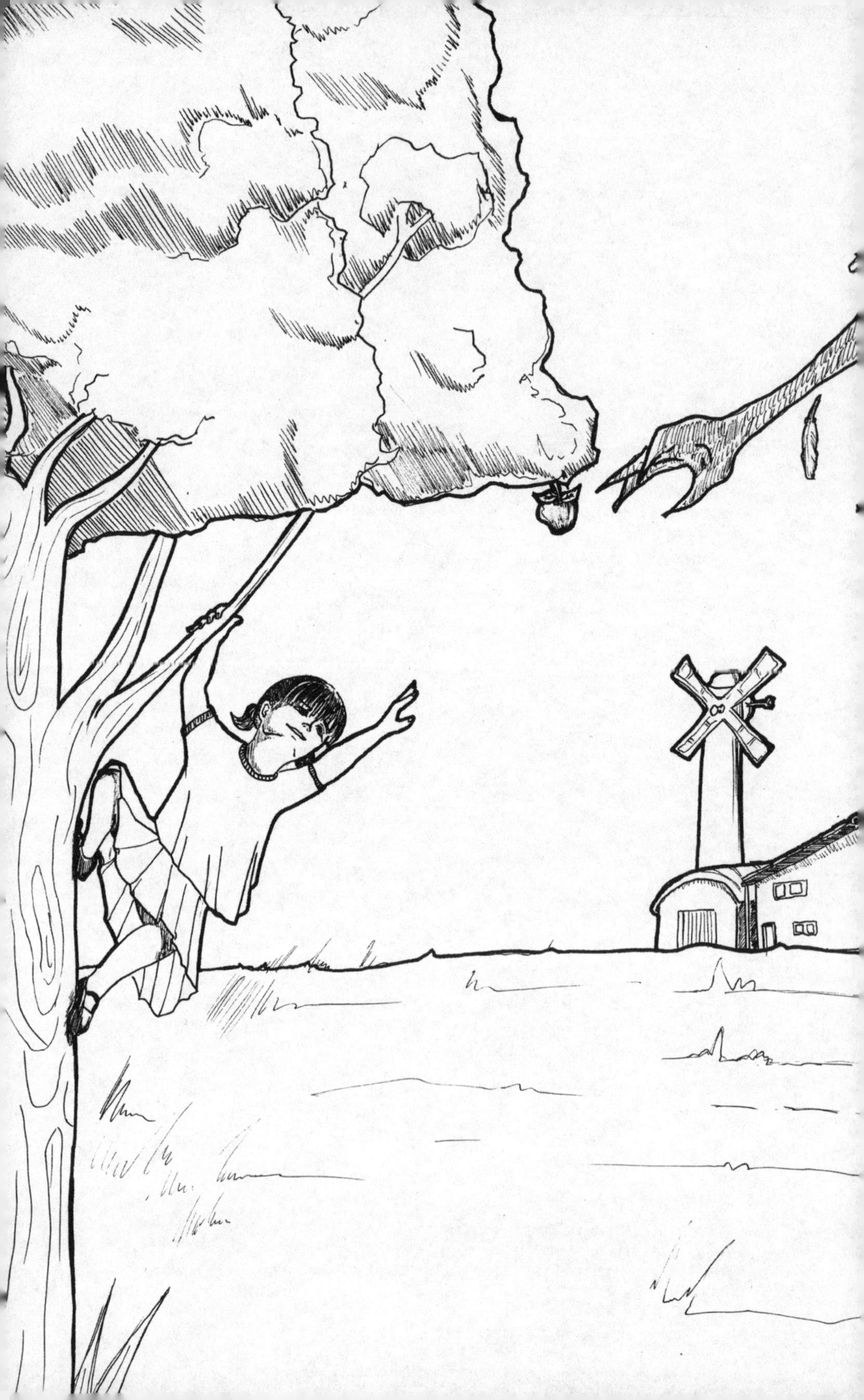

TAL PAI, TAL FILHA

Nasci com o dom de ver coisas sobrenaturais. Desde bem pequeno vejo espíritos e coisas malignas. Quando tinha dez anos contei à minha família e só acreditaram em mim porque consegui provar: mencionei coisas que descobri ao falar com fantasmas. Agora, com quarenta anos de idade, sou casado e tenho uma filha de oito anos. Ela é uma criança muito solitária, mas não por culpa sua, realmente. Sempre vivemos isolados. Moramos em um lindo sítio que meus pais me deixaram de herança. É um lugar maravilhoso e o sonho de muita gente que se cansou da cidade grande.

Minha filha vive brincando sozinha em um pomar gigante que temos aqui.

Trabalho na lavoura e não posso tomar conta dela. Então minha mulher se encarrega disso. Um dia, quando cheguei do trabalho no campo, minha mulher e minha filha vieram correndo até mim. Estavam dando risadas e me contaram que minha filha havia adquirido um dom também. Pedi a ela que me mostrasse, mas respondeu que só funcionava na floresta. Minha esposa exibiu um vídeo e nele nossa filha subia nas árvores com a maior facilidade do mundo. Ela pulava de galho em galho e nem sequer usava as mãos para se segurar. Apenas parecia grudar nelas usando os pés. Fiquei espantado com tudo aquilo, e imaginei que fora essa a sensação quando contei à minha mulher o que eu poderia fazer.

Pedi à minha filha que tomasse cuidado. Devíamos analisar isso juntos, ela deveria aprender a fazer essas coisas em qualquer lugar e não só nas árvores. Se não aprendesse a controlar seu dom, poderia acabar caindo de cima de uma árvore muito alta e se machucar. Passamos a tarde juntos. Ela tentava se manter equilibrada em uma cadeira que eu balançava, mas sempre caía em um colchão que coloquei embaixo. Faltava-lhe um pouco mais de confiança em si mesma, e eu não queria deixar minha filha subir naquelas árvores e arriscar que ela despencasse de lá. Então tentei convencê-la a se equilibrar usando palavras de motivação.

Minha mulher e eu achávamos que poderia ser perigoso deixar nossa filha sozinha. Ela poderia tentar fazer alguma coisa e se machucar. Tínhamos vários lugares altos que ela poderia se aventurar a subir. Então a proibi de sair sozinha de casa. Ela ficou chateada, pois até então era livre para ir e vir, mas enquanto não entendêssemos como seu dom funcionava deveríamos mantê-la segura em casa.

O Dia das Crianças estava chegando e decidi levá-la até a cidade para se divertir um pouco. Fomos ao parque e tomei cuidado para ela não tentar subir em algum lugar alto demais. Havia tempos que eu e ela não fazíamos algo juntos. Foi bom para mim poder sair um pouco e ver minha filha feliz. Ela ficou triste por ter que ir embora, mas prometi levá-la ao parque todos os fins de semana, assim não se sentiria solitária, poderia sempre brincar com outras crianças.

Acabei não conseguindo cumprir minha promessa. Ela vivia irritada por conta disso, me senti péssimo, mas tinha que passar os sábados e domingos na lavoura – começaram vários temporais fortes e iríamos perder tudo se não fizéssemos a colheita logo. Muito do que havia sido plantado se foi com os ventos fortes que acompanharam as chuvas, mas passei bastante tempo tentando salvar o máximo possível. Com todo aquele tempo ruim, não tínhamos mais como sair de casa. Chovia todos os dias e, se eu não tivesse insistido na colheita, provavelmente não haveria o que comer em casa. Estávamos presos ali até o período das chuvas passar. Nosso estoque estava muito bem provido, então não me preocupei com nada disso. Mas minha filha estava irritada, queria sair e brincar um pouco. Expliquei a situação a ela várias vezes, mas por ser muito pequena acabava sendo bastante teimosa. Em uma noite muito chuvosa minha filha desapareceu, procuramos por toda parte, então me lembrei do pomar.

A chuva estava fria e bem forte. Temi pelo pior. Nem deixei minha mulher me acompanhar. Se nossa filha não estivesse no pomar, precisaríamos de alguém em casa para o caso de ela retornar. Corri desesperado e passei por várias árvores enquanto chamava por minha filha. Ouvi uma risada vinda das árvores e minha filha respondeu que estava brincando ali. Pedi-lhe que descesse porque o tempo estava muito ruim. Até prometi que quando a chuva parasse voltaríamos para brincar, mas como esperado ela não acreditou em mim, me achava um mentiroso.

Implorei que descesse da árvore, mas ela respondeu que apenas queria brincar. Falou que não podia cair dali, olhei para cima, não conseguia vê-la em lugar nenhum. Havia muitas folhas e estava bastante escuro. Garanti a ela que se não descesse eu iria subir atrás dela. Nesse momento percebi que a deixei com medo e vi sua cabeça descendo aos poucos. Quando estava quase no chão, ela disse sorrindo: "Olha, pai, sem as mãos". Olhei para ela, estava de cabeça para baixo apenas com os pés fixados na árvore, enquanto um demônio negro com os olhos vermelhos sorria e a segurava para não cair no chão.

MENTIRA TEM PERNAS CURTAS

Na noite em que tudo aconteceu, a rua ficou repleta de curiosos. Os gritos da senhora White foram ouvidos por todo mundo ali perto. A rua, que mais parecia um breu, foi logo iluminada por conta das luzes das casas vizinhas. Tudo ocorreu muito rápido. O cão negro e enorme atacou a velha usando suas presas malignas. O pescoço foi dilacerado, e eu não pude fazer nada para impedir o fim grotesco que a pobre velhinha veio a ter. Saí de sua casa aos prantos, havia pessoas suficientes na rua para ajudar, mas nenhuma veio ao meu auxílio. O cão pulou a cerca e todos que o viram se arrepiaram, ele parecia um monstro de filmes de terror. Correu até sair da vista de todos, deixando atrás de si os pedaços da senhora que jazia morta em seu próprio quintal.

O cão havia escapado do canil algumas noites antes. Ele era violento demais e iriam sacrificá-lo, mas acabou se soltando e desapareceu. Não fora visto até aquele instante. Não sou um herói, falhei em salvar a velhinha, mas todos admiraram minha coragem. Inevitavelmente me senti bem com tudo aquilo, afinal de contas, todos sabem que fui o único que tentou fazer alguma coisa pela senhora White. Meu sono foi pesado na noite seguinte ao ocorrido com a velha. Foi estranho, me senti sendo tirado da cama, lembro-me de tentar acordar, mas luzes vieram em meus olhos e adormeci mais profundamente.

Hoje acordei cedo para ir ao colégio. Era o último dia de aula e não havia muito o que fazer lá. Eu iria me formar com louvor no ensino médio. Não era o melhor aluno, entretanto sabia como me virar nas provas. Peguei minha carteira e tirei a única nota dentro dela, era de vinte reais, estava velha e suja, mas servia para pagar o cara que me passava as respostas das provas. Ouvi vários relatos de pessoas dizendo que tiveram sonhos estranhos na noite passada. Relatei que também tive momentos estranhos enquanto dormia. Claro, pensei ser coincidência, mas o que veio a seguir nos mostrou que nada acontece por acaso. Quase no fim da última aula, um homem armado trouxe vários alunos, professores e outros funcionários do colégio para dentro da minha sala. Ele não mostrava o rosto, vestia preto, usava um chapéu e em sua face havia uma máscara negra. O homem segurava um notebook em uma das mãos. Colocou todos que ali estavam em um único canto da sala e ajeitou o notebook no meio dela. Quando ele foi ligado, uma risada bizarra tomou conta do local. Era uma *live*, estava sendo feita de algum lugar do mundo. No vídeo aparecia um homem de costas sentado em uma cadeira. Sua voz estava sendo alterada por algum programa de computador. O homem mascarado na sala foi até a porta e passou por ela. Quando foi fechá-la, desistiu e a deixou aberta mesmo:

— Duvido que alguém prefira sair — disse ele enquanto saía da sala com a maior calma do mundo.

Éramos quinze no momento. O diretor deu sinal para todos ficarem calmos, foi até a porta para ver se o sujeito havia ido mesmo embora. Olhou de relance e fez sinal para sairmos correndo dali. Quando ele atravessou a porta, sua cabeça explodiu, o que fez o corpo cair inerte depois de ainda permanecer em pé por alguns segundos. Gritos ecoaram, choros foram ouvidos por toda a sala. Dois garotos saíram correndo e, ao atravessarem a porta, deram as mãos, mas tiveram o mesmo destino do diretor. O homem de costas na cadeira deu uma gargalhada:

— Mais alguém quer tentar sair?

Nós nos entreolhamos, sabíamos que qualquer tentativa seria nosso fim.

— Todos aqui estão devendo algo para mim. Todos vocês terão que pagar caro hoje. O diretor me fez perder cinco minutos de vida quando me passou uma informação errada na rua. Ele estava com tanta pressa que achou mais eficaz mentir do que aceitar o fato de não saber sobre o que lhe perguntei. — O homem ria de maneira histérica, sabia exatamente o que estava fazendo. Matou três pessoas por causa de uma bobagem. — Os outros dois morreram por não se assumirem publicamente, perceberam como tentaram fugir de mãos dadas? A morte era certa, eu havia lhes perguntado se eram gays, e me garantiram que não.

Restavam doze pessoas, todas tremendo e chorando. Não tínhamos como escapar pela porta. Uma professora tentou dialogar com o sujeito no vídeo:

— Olha, todos nós aqui sentimos muito por ter lhe feito algum mal — a professora de educação física gritou antes de sua cabeça ir pelos ares.

— Estão vendo? Uma mentira atrás da outra. Ela não aceitou sair comigo porque me achava feio, mas disse que foi apenas porque não tinha tempo em sua agenda para encontros. Dois dias depois estava aos beijos com você, senhor Martins.

Nosso professor de português arregalou os olhos e se ajoelhou. Suas súplicas não foram atendidas e, depois de se humilhar implorando por sua vida, teve o destino já esperado por todos.

— Ele mentiu quando lhe perguntei sobre o relacionamento secreto que ele mantinha com minha amada. Não sei se sentia muito pela minha dor, mas com certeza sentiu alguma coisa agora.

Ninguém ali ousava falar mais nada. Uma simples mentira podia irritá-lo, mas ficar parado esperando sua cabeça explodir não era uma opção muito agradável. O homem no vídeo ficou em silêncio por alguns instantes, então perguntou:

— Quem quer morrer por último?

É claro que todos levantaram a mão, ao que ele fez outra pergunta:

— Quem quer morrer primeiro?

Ninguém se manifestou, e a última pergunta foi a pegadinha que ninguém ali esperava:

— Quem não quer morrer?

Novamente todos levantaram a mão, e nesse momento uma aluna no meio de todos teve sua cabeça destruída na explosão.

— Ela morreu apenas porque preciso de nove pessoas agora. Mas não se enganem, ela mentiu não só para mim mas para todos vocês. Olhem com atenção, estava com dois meses de gravidez, tentou se matar, mas sua família conseguiu impedi-la antes que o fizesse. O pai da criança terá a chance de matar alguém. Aponte agora para um aluno e o veja morrer. — O cozinheiro apontou para mim e, suando frio, esperei minha cabeça estourar.

O cozinheiro agonizou durante uns dois segundos antes de perder sua cabeça. Todos estavam olhando para mim, e o susto foi enorme quando o cozinheiro morreu.

— Esse verme abusou daquela pobre garota durante vários dias. Tenho certeza de que ninguém aqui havia notado, ele obviamente negou isso para mim. Agora olhem que lindo que ficou adornando o chão de vermelho.

O homem de costas riu alto enquanto o medo aumentava em torno de todos os presentes. Não sabíamos mais o que fazer. Não havia um modo de escapar da morte:

— Agora você, garoto, aponte para alguém e o veja morrer.

Olhei para todos, e só consegui apontar para uma única pessoa.

— Então você escolhe a si mesmo? Não se enganem, isso não é um ato de coragem, ele quer apenas terminar com seu próprio sofrimento, está pensando em si.

A chuva de sangue e as cabeças voando me fizeram agachar no chão. Protegi minha cabeça enquanto olhava para baixo, assustado. Sabia que agora nada poderia me salvar. — Quer saber por que cada um deles morreu?

Olhei ao redor, apenas eu restara ali. Não importava o motivo de terem sido assassinados. Saber não me livraria de meu destino, apenas neguei com a cabeça e esperei o fim.

— Quanto você tem no bolso?

Coloquei minha mão no bolso e senti a nota de vinte. Estava molhada de suor. Respondi à pergunta, e o homem finalmente se virou para mim. Tinha o rosto desfigurado. Seu nariz já não existia mais e seus olhos flutuavam em seu rosto de forma grotesca.

— Eu não pude salvá-la, mas enquanto você a roubava eu tentei tirar a fera de cima dela. Diga-me, esses vinte reais no seu bolso valeram a vida daquela senhora? Essa nota vai te salvar agora?

Então entendi por que alguns gritavam antes da explosão. Um choque enorme passou por minha cabeça, não por dois ou três segundos. Pareceu uma eternidade. Senti meus olhos derreterem. E quando puxei o ar para dentro de meus pulmões, minha cabeça finalmente se espalhou pela sala de aula.

Chegou até as últimas páginas? Que bom! Agora o ritual está completo.
Este não é o final, apenas o recomeço.
Vejo você em muito breve, talvez até hoje de madrugada.
Tenha bons sonhos.
Até a próxima e obrigado!

LEIA TAMBÉM OUTROS TÍTULOS DA COLEÇÃO PLANETA MINOTAURO:

DO AUTOR #1 DO THE NEW YORK TIMES
BRANDON SANDERSON
SKYWARD
CONQUISTE AS ESTRELAS
Planeta
minotauro

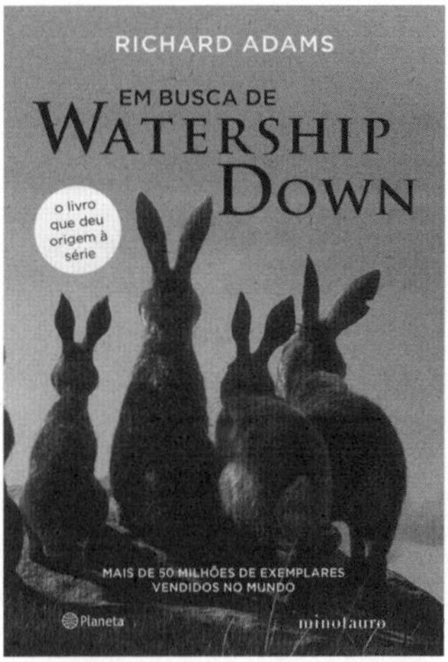
RICHARD ADAMS
EM BUSCA DE WATERSHIP DOWN
o livro que deu origem à série
MAIS DE 50 MILHÕES DE EXEMPLARES VENDIDOS NO MUNDO
Planeta
minotauro

VOLUME I
DA TRILOGIA
DEUSES DE DOIS MUNDOS
PJ PEREIRA
O LIVRO DO SILÊNCIO
Planeta
minotauro

"ELETRIZANTE! CHOCANTE!" – MARGARET ATWOOD, AUTORA DE O CONTO DA AIA
O PODER
NAOMI ALDERMAN
ELEITO UM DOS 10 MELHORES LIVROS DE 2017 PELO THE NEW YORK TIMES
Planeta
minotauro

Acreditamos nos livros

Este livro foi composto em Adobe Garamond Pro
pela Editora Planeta do Brasil em outubro de 2022.